九方思想貓／著
御小夜／繪

安樂席

目次

序　章・幽暗角落的新傷　5
第一章・燃燒靈魂的國家　10
第二章・不算安寧的假期　22
第三章・二次檢測的結果　44
第四章・陰影之中的真心　78
第五章・幽深地底的友人　104
第六章・兩位英雄的真相　128
第七章・靈魂深處的果實　154
第八章・血脈刻印的誓言　180
第九章・埋藏心底的願望　215
尾　聲・肉體凡軀的安可　223

序章 幽暗角落的新傷

月光籠罩在不眠的城市，海島國家「合帶國」的首都中心，無論夜幕如何深沉，專屬於都會的吵嚷，始終不曾停歇。

冷色系燈具在建築物上誇耀著光，那是能源充沛的證明，也是這個國家如今正處於和平時期的標章。道路上人車如織，電動車破風行駛的輪胎摩擦聲，與大都會的嘈雜一起擾攘著夜色。

然而，即便是在這樣的大都會裡，也有些地方豁免於喧囂之外，入夜後，得以真正陷入如同靜止般的悄然。

中央魂研院——這個由研究員及高級官僚組成的最高科學機關，就是其中一處。

已經熄燈的實驗室群落裡，只有巡邏人員還身處於這片靜謐之中。

身材結實的武裝保全步伐滯重，在受到電子鎖管控的各個實驗區塊裡，執行著例行巡檢任務。皮製野戰靴在空蕩蕩的走廊裡蕩出回音，研磨石製地板向小型手電筒無法辨明的幽深黑暗延伸而去，在這片黑幕裡，只有喀叩的腳步聲，與兩人一組的保全作陪。

「呵啊——」呵欠聲雜揉著訕笑，與野戰靴的聲響混在一起。

「才幾點而已，你就已經累了？」，其中一人揶揄著說。

「說什麼呢，累是沒有，無聊倒是明明白白的。」另一人說完，又是一個不小的呵欠，「我就覺得這勤務本身實在沒什麼意思，你看啊，自從政府頒布『全民健康保險6.0』，規定禁止任意出生和死亡之後，每個人身體裡面都埋了檢測晶片，除了能提供即時救援服務的生理監控之外，還有什麼？」

「還有徹頭徹尾的行蹤掌握，一個人什麼時候在哪裡，有沒有可能『意外身亡』或『因病身亡』，都在政府的掌控之中。」伙伴的笑容看上去更輕鬆自在了，「真搞不懂這魂研院還能有什麼好緊張的，只有本院相關人士才進得了研究所，這難道還不夠嗎？」

「呼啊——是不是？」打滿三個呵欠的武裝保全晃過最後一間貴重儀器控制室門口，被溢出的淚水填滿了視野，「好了好了，這區也巡過了，去下個……」

然而當他話說到一半，其中一個實驗室的門卻忽然打開了。

「什麼人？誰在那裡！」

那是個身穿西裝的女性，昏暗光線下，她的面孔並不容易看清，「夜間巡邏辛苦了。」

「咦？這個聲音是……」那視線模糊的保全不由得揉了揉眼，「執、執行官好！加班到這麼晚辛苦了！」

「不會，應該的。」

短暫行過舉手禮之後，兩名巡邏保全便急匆匆地往下個巡邏點出發，那被尊稱爲執行官的女性回頭望了「貴重儀器控制室」一眼，沉吟一陣，隨即也跟著離開了走廊。

野戰靴的聲音與亮光一同遠去，金屬牆面上，再無半點餘暉，幽深的黑暗再度籠罩走廊，冰冷且無機。魂研院的一個角落，今天依舊平靜得毫不意外——

本來應該是這樣子的。

「貴重儀器控制室」門片上，玻璃內側，瑩瑩藍光悄悄點亮了房間一隅。

「嚇死我了，快點趁現在……」

男聲雖然輕細，在本該空無一人的控制室裡，卻顯得格外刺耳。

與他嘴裡說出的話不同，他並不急躁，動作小心謹慎，憑著幽藍的電子光源堪堪照亮四周，慢慢地、輕輕地接近目的地——那是看上去極爲複雜的模組化介面，是巨大規則的一角，也是魂研院之所以被稱爲「魂體研究院」的最重要器械所在。

簡單輸入密碼之後，螢幕亮起的瞬間，男人的臉孔輪廓也變得清晰起來。

眼袋深沉的疲憊神情，憔悴且乾枯的皮膚，只有藏在厚重眼鏡片後頭那雙眼睛顯得特別炯炯有神，不知是因爲螢幕藍光使然，還是源於內心的蘊火，彷彿他的凝視，都能洞穿面前這具碩大機械。

設定介面有許多數值飛掠而過，哪怕眼鏡片上刮痕滿布，他卻絲毫沒有看漏上面任何一筆資訊，「可惡，竟然是真的。」他喃喃地咒了幾句，又往身旁啐了一口……

爾後，不知害怕還是羞愧，他撩起白大褂，把沾到口沫的地板抹了兩抹。

飛快移動的手指在看上去已使用許久的舊式鍵盤上幾乎片刻不留，編寫程式時，螢幕上的字符增減、跳動著，像是在回應著他的決心，又像是照映著深不可測的人心。

「必須要快、還要更快。」像是恨自己不能更俐落似的，男人用輕細的語調一再催促著自己，「一定要救妳，無論付出什麼代價！」

然而就在這個時候，本應不該有其他動靜的控制室內，傳來了絲微的噴氣音。

「咦咿！」男人幾乎像是凝結一般，抱著胸口蜷縮在地，直抖個不停。各種糟糕的想像在他唯一不輸給別人的聰明腦袋裡，活靈活現地上演著——是會被槍殺？還是被刺殺？是有人在附近嗎？明明早已把院內人員的出入作息，及保全巡邏動線調查得清清楚楚，怎麼可能會有人還在這裡？

他僵硬地往發出聲音的黑暗角落望去，用手機微光朝那裡一照。

然而，除了一個中央空調系統的通風格柵板在那反射著藍光之外，哪有什麼人影呢？手汗直流、四肢抖顫不止的纖細男人，就像被狠狠揍過一拳似的，倒抽了一口氣。

原來是空調系統洩壓的聲音啊——他在心裡一面暗罵那個嚇死人的無機物，一面痛責自己的軟弱及膽小。

帶著汗濕的手指繼續作業，他的動作不如早先靈活，冷汗在男人額頭上成形，豆大汗珠滴落在眼鏡片上，本就並不清晰的視野，似乎又更顯模糊了些。

歷經煎熬，分分秒秒，爾後在暴雨般的鍵盤敲打聲落盡之際，他停止動作，重重敲下「送出」的按鈕。

大功告成。

乾瘦男人揪起衣擺，艱難地抹了抹自己的臉，感受到剛才抹過地板的口水味之後，又嫌惡地皺起眉頭。

放任程式碼完成該做的事，他熄滅手機螢幕微光，趴低了身子，狼狽地從大門出去。隨著房門一開、一關，一度被他解除的電子鎖「喀」一聲重新上電，「貴重儀器控制室」的深沉黑暗裡，終於重歸寂靜。

「導入完成」的字樣在控制面板上一閃而逝，這一夜，魂研院依舊獨立於都會中心的喧囂之外，幽雅、高貴、平靜且悄然。

第一章 燃燒靈魂的國家

由於很快就要死了，利小萌今天心情非常平靜。

在她齊眉的瀏海之下，一雙半閉的眼睛，透露出對自身存在意義的篤定。

能有這樣的心境，並不是因爲她平常沒有什麼煩惱；相反地，正是因爲煩惱太多了，所以她在這趟「通往死亡的專屬旅行」當中，顯得格外平和。

身處於豪華加長型電動禮車裡，完美的空調被設定得極爲舒適，無論室外陽光如何揮灑，車內總是保持著最安定的恆溫，以及無可挑剔的濕度。在每個國民體內都有埋入健康偵測晶片的大環境之下，要做到這些事並不困難，畢竟感知「在車裡的人到底舒不舒服」，只是手到擒來的功夫，AI自然能夠隨時將環境保持在最舒服的狀態。

靜謐的空間、平穩的自動駕駛旅程，午後陽光和煦，像是慈母的撫慰，並不顯得刺眼，飛掠而過的都會街道生冷且無機，只有無時無刻亮著的巨大廣告看板，讓城市多帶了幾分生氣。

這一切對於即將死去的利小萌而言無關緊要，她本該在這樣的旅程裡展現出命運已定的悠然，可以將所有煩惱拋諸腦後，旁觀這一切——

但有個人卻讓她感到十分在意。

豪華禮車裡，除了她之外，還有一位身著整齊黑西裝，衣冠楚楚、頭髮烏亮的高壯男性。那男人在袖口露出的手背上，有著專屬於「義體」的發光編號。

合帶國的國民會利用義體移植，替換老邁或重傷的肉體部位，從四肢、內臟到臉皮、毛髮，但凡是想得到的「零件」都能換，並在明顯位置標上無法抹除的發光編號或商業標示。從他毫不掩飾那編號的行徑來看，顯然不在乎別人知道身體接受過改造，當然也難以從外表判斷他的年紀。

打從利小萌上車以來，兩人便少有談話，如今他也正以肅穆的神情望過來。那眼神與其說是凝視，更接近品評，看得利小萌有些不自在。

「請問，左先生？」見對方仍沒有反應，利小萌頓了頓，又溫聲問道：「左登樓先生，請問有什麼問題嗎？」

「不，哎呀……該怎麼說呢？」名叫左登樓的男人露出極為誇張的笑容，「眞的太美了啊。」

「我不懂你的意思。」生性認眞且守分的利小萌，對於左登樓這突如其來的讚美感到有些不知所措。

「美麗的犠牲，美好的奉獻……我出任『安樂席執行委員會』首席執行官至今，還從來沒有看過像妳這樣，對於即將迎來的『安息』如此果決的。」左登樓彷彿唱歌一般的語調，在豪華禮車迴盪，「其他人在這輛車裡啊，有的不安，有的徬徨，對於即將面臨的死亡與燒魂，總是有各種想像。啊……您那完全沒有任何迷茫的堅定，我左登樓眞的是，無比欽佩啊。」

是的，這是通過「安樂席」適應性檢測的適任者才能坐上的專車，也是正好三十歲，卻不想繼續面對悠長人生的人，主動申請爲國家赴死的寶座。

爲了能坐上這輛車，利小萌通過七十二道檢測，順利「脫穎而出」，成爲應該是每年唯一一席的「安樂席」受選者。

她的靈魂將在被簡稱爲「魂研院」的中央魂體研究院抽取出來，而這份靈魂經過特殊儀器加工之後，就能做成「魂磚」，送進「燒魂器」燃燒，供應海島國家「合帶國」一整年的電力供給。

安樂席的當選者，是爲國家奉獻的英雄。

從男人的話鋒裡，利小萌能感受到不加掩飾的尊敬及愉悅。

作爲最高執行官的左登樓，即將要帶著利小萌前往死地，而他爲此興奮不已，對於這份工作，沒有絲毫自我懷疑。一面稱讚他人，他說話時高高挺起的胸膛，卻又同時揭示著不容懷疑的驕傲與自信。

天氣如此清朗，都會無比繁華，因爲能源短缺而爆發的世界大戰，在海島國家「合帶」彷彿不存在一樣，這一切，都是前面三十年來，每年唯一一位「奉獻英雄」所給予的寶貴時光。

其他國家爲了爭奪已經所剩無幾的石油化學能源礦藏，以及確保開採地熱能源的寶貴人力，至今依舊相互征伐，而合帶國卻不需要這麼做。只要「少量的犧牲」，就能爲全國帶來「和平」，怎麼看都好划算。

眞是這樣子嗎？利小萌不得而知，她只知道，自己也將委身於支撐國民一切生活所需的能源網，爲國家未來一年的高枕無憂，做出最有意義的犧牲。

有比這樣的死亡更讓人期待的嗎？

那些向晚時分依舊發光的廣告看板，以及夜間將首都染得五光十色的燈具，甚至推動電動載具向前進、讓工業區工廠持續運作的動力來源，無一不是故人的靈魂——利小萌一面這麼想著，一面輕輕開口說道：「我也會像這樣無所不在，讓生命的最後價值，成爲支撐每一個人活在和平國度的能量嗎？」

不自覺將心中想法說出口的利小萌，有些詫異地輕輕摀住自己紅潤的小嘴。

「那當然了，而我將會見證這一切。」

左登樓說這句話時，收起了他那不知從何而來的狂喜。

他緊抿雙唇，纖薄的唇線如同將他不曾向他人揭示過的誓言死緊地關在喉頭，直到十多秒的沉默之後，他才艱難地說道：「爲了不辜負您的自我奉獻，我也有不輸給您的愛國心，如同過去三十年來我做的一切。請放心將我們都深愛的祖國交給我吧，利小姐。」

這時候，利小萌的表情卻漫上了絲微苦澀，「愛國心嗎……」她自問這並不是決心求死的起點。

說到底，這世界上究竟有多少人，真的會爲了某些積極正面、充滿民族大義的理由，慷慨赴死呢？泥灰色的情緒從頭頂蔓延到胸口，豪華禮車中，儘管左登樓的注視依舊不斷，兩人還是重新回到剛開始的沉默之中。

她只好將視線往車廂放不下的其中一件行李望去，那是由於本身有些體積，同時又不適合放在後車廂裡顛簸，因此隨身擺在身邊的東西——從箱子外型看來，是一把被妥善保管的電吉他。

她摸了摸左手指尖的吉他繭，那粗糙的質地，帶思緒回到高中時苦練音樂的過往。

她曾經身著制服、黑色百褶裙與白色長襪，踩著學生皮鞋、蓄著齊眉瀏海短髮，是這樣一副清純好學生模樣。

然而，同時她也被五光十色的燈光照亮，在最顯眼的舞台上，演奏過熱力萬鈞的電吉他。速彈與搥弦，泛音和延音，拍擊法、揉弦法……所有一切吉他手應該擁有的技能與實力，全都不在話下。而她並不演唱，光是琴弦當中傾洩而出的音符，就已經足夠稱爲吶喊。

這樣的她，所模仿的正是擁有音樂才華的父親。

印象中的父親，非但演奏得一手好吉他，對樂理的見解以及曲譜編寫，都有獨到之處。如果說有一個音樂人能夠利用音樂來撼動人心、撞擊他人的靈魂，那麼她學生時期所認識的父親，絕對就是這樣的人。

然而，能源戰爭爆發以後，文藝事業在各國都不受重視。需要使用「電力」工作的電音器材，一度成爲奢侈浪費的象徵。這樣的風氣持續了很久時間，曾經在音樂上擁有過人才情的父親，儘管國家迎來「燒魂時代」，也依舊無法使用電吉他再度闖蕩樂界。

「電音早就不是主流了。」娛樂事業的音樂製作人是這樣說，「能源黑暗期大家都經歷過啦，全世界都在鼓吹自然音樂，電音至少還要個幾十年才能復甦。你看看國外那些爲能源所苦的國家，他們看到你用電吉他演奏，對我們國家的音樂會有什麼想法？」

生不逢時、懷才不遇。

儘管後來父親換成木吉他、鋼琴或其他樂器試圖開闢新路，但少了效果器和電吉他獨有的失眞效果之後，那本來甚至可以撞擊靈魂的音樂，成了絕響。

高中時代，爲了反抗這個世界，利小萌也曾經努力過。她接手了父親的電吉他，在學生社團裡執拗地抱著這個曾經被眾人認爲過時且浪費能源的樂器，表現著只屬於她的音樂。承襲父親的才華，她拼盡全力，希望用自己的行動來聲援父親。

想到這裡，她不禁笑了笑，這個笑容顯然還是被左登樓認定爲從容，一再投以讚許的眼光。

而如同這樣的讚許，無論是她，還是母親，都曾經毫不吝嗇地向父親表現過。

「你放心朝夢想奔馳吧。」母親曾這麼說：「如果是你，一定可以的。」

然而，父親的音樂事業並不順利，母親爲了擔當家計，在工廠生產線上永無止盡的加班當中病倒。

甚至當她幾乎只剩最後一口氣時，她撫摸過利小萌手上的吉他繭，臉上是帶著微笑逝去的。追悔，永遠只由生者承擔，無論利小萌還是她的父親，都沒能走出這樣的傷痛。作爲父親，唯一能夠報答妻子的，只有繼續堅持走在摯愛爲其開創的道路，那是一種無力可回天的悲壯，看在利小萌眼裡，已經不再像年輕時見到的那般神采飛揚。

那些豪壯與奔放，都成了喪家之犬的孤注一擲。

逝去的摯愛留下的不僅是道路，也同時是枷鎖，是生者的桎梏。眼見家中債臺高築，利小萌好長一段時間放棄了音樂，努力讀書、考上學費最便宜的國立大學，並縮短了修業年限，提早修完畢業學分……一切都只爲了取得教師資格，擁有一份穩當的執教工作。

指望著，也許她能夠代替母親，成爲家中經濟支柱，更是父親的支柱，誰知人們如今更長壽了，平均壽命來到一百二十歲的合帶國，處處都是依舊在工作崗位上的老教師。

政府本就因爲國內人口組成過於高齡化而禁止任意出生及死亡，人民更加長壽的結果，使得學齡兒童、年輕學子比起從前更少，學校一間間收掉，教育事業正式進入菁英化與稀少化。

而年過八十還在崗位上的教師，當然也不可能讓出他們的職缺。

分明考過了教師甄試窄門，卻又佔不到正式缺額。始終只能做代課工作的流浪代課教師，就是利小萌所面臨的現實。

在此同時，認定「放棄夢想就是背叛母親」，這樣的父親依舊在音樂路上掙扎。世界並沒有給予這樣的努力家絲毫憐憫，他一次次被謊稱推動音樂事業的假經紀公司矇騙，令本就拮据的家計，隨著時間流逝，更加雪上加霜。

其後，她的父親便失蹤了。

想到這裡，利小萌依然微笑著，因爲她通過了嚴酷的篩選，成爲一年只有一人，唯一能坐上「安樂席」的受選者。她的犧牲將爲遺族帶來不愁吃穿的經濟奧援，不知身在何處的父親，或許能再次揹起母親給他的十字架，爲音樂前進，而她將化身爲「奉獻英雄」支撐全國上下的能源用度，再也沒有人可以指謫父親使用電吉他演奏時，是一種「浪費能源」的行爲了。

然而，那個人爲何不能夠是自己呢？那個音樂夢，本該也是屬於她的想像。她伸出手撫摸那把電吉他，微笑裡不著痕跡地漫出陰影。

「用我的靈魂去演奏吧，爸爸。」她的細語，並沒有被左登樓聽見。

搖了搖頭，甩去多餘的思緒。利小萌已經準備好成爲國家的能源供應者，而生命旅程的終點很快就要到了，緬懷過去已是無用之舉。

也是在此時，禮車緩緩停在一棟米白色的建築物前，關閉電源，敞開了車門。

然而這裡不是「中央魂研院」，也不是她準備度過短暫一個月「安寧假期」的指定園區。陌生的獨棟建築聳立在眼前，這與她讀過的「安樂席簡介」手冊內容不符，令她有些困惑。

眼前那位西裝筆挺的男人，卻是帶著從容神情下了車，「利小姐，請吧。」左登樓的笑容依舊，微笑的弧度裂得很開，看上去甚至叫人有些膽寒。

帶著少許不安，利小萌在左登樓注視下，匆匆忙忙拎起她唯一擺在車廂裡的行李——父親的電吉他，也跟著跳下車。

禮車司機正一件件將她放在後車箱的東西抬出車外，都是些簡單衣物以及用舊的盥洗用品，爲的只是讓她度過安寧假期。

「所有安樂席受選者，都有權力毫無拘束地享受最後一段時光，就是我們『安樂席執行委員會』所規劃的『安寧假期』，這同時也是獨棟別墅的名字。」左登樓微笑著說：「在那裡，等著妳的是無微不至的照顧、美味奢華的餐點，能夠滿足『奉獻英雄』一切心願的『觀察官』將隨侍左右，但這次的狀況嘛……如妳所見，位置和建物，稍微有些不同。」

順著左登樓視線方向看過去，另一台豪華加長型電動禮車，就停在這棟建築圍牆邊。

一位姿態高雅的女性，正有禮貌地向她鞠躬。

那人有一頭烏黑順直的長髮，紅潤的臉色與穠纖合度的柔美身段。如同冰霜般凜冽的眼神，儘管禮數周到，卻依舊令人感到難以親近。從髮絲質地與髮尾的亮光標示看來，她也移植了「義體」，想來那紅潤臉色與紮實的體態，應該也經過適當的醫學改造。

與左登樓一樣看不出實際年齡的女性，那過於有禮的舉止讓利小萌覺得心中特別緊張，但她身邊的西裝男卻完全不受影響，仍舊不改如同唱歌般浮誇的語調與姿態。

「哎呀——學姐妳來得眞早啊，虧我還刻意提早了行程，爲的就是要讓兩位安樂席候選人錯開入住時間啊。」

「你如果心中沒有把我當成學姐的意思，就請你不要裝模作樣了，登樓。」那女子語調冷淡地答道：「動這種小心思也是沒有用的，決議事項是讓兩位小姐同居，互相爭取席位，什麼時候見到第一面，又有什麼差別？」

聽到她們的對話，利小萌上下打量了眼前女子的穿著打扮，那套合身剪裁，能夠凸顯出優雅身段的黑色西服，款式正與左登樓別無二致。再加上她身後的豪華禮車，這人肯定也是「安樂席執行委員會」的人。

而且利小萌完全可以肯定，剛才確實有聽見「兩位安樂席候選人」這段話。

安樂席不應該是每年只會產生一位，獨一無二的「奉獻英雄」嗎？

正當她心底陷入一片混亂時，穿著破洞牛仔褲的人影帶著與她同樣單薄的行李，站到了高貴女子身邊。

「啊，向小姐，不好意思。」那西服女子也是微微一鞠躬，拉著下車的女性走到利小萌面前，「利小姐您好，給您造成困擾眞是不好意思，請讓我們自我介紹一下。我是岑仁美，『安樂席執行委員會』的執行官，和您的引導者左登樓同列首席。旁邊這位是向小姐。」

「我叫向嵐，我們應該不需要『請多指教』。」那人斜眼望向利小萌，鼻子裡不耐煩地哼了一聲。

名叫向嵐的女性身材瘦高，穿著一件米色背心。有許多破洞的牛仔褲下，踩著一雙陳舊運動鞋。俐落的削短髮颯爽地露出戴了總計六個耳環的耳朵，從頸子一路延伸到雙肩的刺青，顯擺著危險的氣息。

「我、我是利小萌。」對眼前狀況難以理解的利小萌，連聲音裡都有了顫抖，她一手搔著齊肩長髮的墨色髮尾，一面說道：「是安樂席的受選人，至少來接我的左先生是這麼跟我說。」

「登樓，你是怎麼對利小姐說的？」名叫岑仁美的執行官神色不悅地說道：「這次選出了兩位適合『燒魂』的人，是一個少見的奇蹟，你竟然沒有跟當事人講清楚？」

「哎呀，別這麼說嘛學姐。」左登樓面上微笑依舊，但語調裡卻是重重染上了輕蔑，「我只是覺得沒必要講，這種小小的錯誤，不用多久就會被檢查出問題在哪裡。哪怕會議上是那麼決定的……」

「哪怕會議上已經決定，要讓兩位安樂席候選人同居一段時間，讓她們相處一陣子，來決定誰更適合坐上那個位子，你也決定要錯開兩人會面的時機，甚至換房子，隱瞞到底嗎？」岑仁美纖細的手指捏在眉心，深深地嘆了一口氣，「你偷換利小姐『安寧假期』的住處，我會不知道嗎？何等愚蠢。登樓，你到底有沒有身爲『安執委』的榮譽感？」

「嘿嘿嘿……」都講到這個份上了，那左登樓眼底的虛假笑意終於褪去，「是的，學姐，是我不對。話說回來，我也沒想過『妳竟然能做得比我更好』啊。」

「別說廢話了，既然都已經安排到這裡住了，就讓利小姐和向小姐進屋去吧。」岑仁美冷淡地說道：「如果你是最優秀的，輪得到我同列『首席』嗎？」

你一言我一語，就算不用費心觀察，也看得出兩位執行官之間，有著幾乎能迸出火花的針鋒相對，但名叫向嵐的女子只是將她的行李高甩過肩，低沉語調裡有著比誰都更爲明顯的不耐煩，「無聊，喂，偉大的執行官大人，可以進去了是吧，請問是要我自己踹開門，還是你們會給我鑰匙？」

從左登樓手中搶過感應卡，向嵐大步往準備「同居」的別墅大門走去。

「矮冬瓜，聽見了吧，妳想死，我也是。」向嵐背對著緊跟在後的利小萌，深沉的語調裡有著不容退讓的魄力，「還不快進屋？」

「什、什麼嘛？不要命令我！」

利小萌愁得眉間堆滿皺紋，心中直喊道——我跟這女人，肯定合不來的！

第二章　不算安寧的假期

「安樂席執行委員會」是爲安樂席候選人進行檢選、測驗的機關，同時也是爲踏上安寧之路的「奉獻英雄」見證最後一程的政府機構，而執行委員則稱爲「安執委」。

這段文字，利小萌參與「安樂席」甄選時，早已讀過無數次。對於即將眞正坐上席位，接受既定死亡行程之前特有的「安寧假期」，當然也知之甚詳。

窗明几淨的乾淨空間，不受打擾的清幽住所；美好的音樂、恰當的美食。無論想要奢華還是儉樸，悠哉或者充實地度過人生最後一程，安執委所安排的「安寧假期」絕對不會讓安樂席的受選人感覺到任何不便——本來應該是如此的。

然而，她所在的別墅裡，三房二廳二衛雙陽台，對一個人而言太過寬敞，對兩個人而言還算合適的格局裡，如今卻有著難以忍受的天大麻煩。

「向小姐，能不能請妳把自己的行李拿回房間放好呢？」

客氣的語調源於對自己怒氣的壓抑，循規蹈矩成習慣的人，有時候就連直接發脾氣都做不到。利小萌就是這樣的女人，而向嵐顯然與她完全相反。

「怎樣？我們現在算同居人吧？」她叼著香菸，換了一條七分居家褲在客廳裡吃著洋芋片，「同居不就什麼都一起的嗎？妳一來就這裡那裡不爽的，大姨媽來喔？」

「大、大姨媽……」利小萌那雖然嚴肅，但仍舊保持基本風度的面孔不禁扭曲了一下，「向小姐，我們今天第一次見面而已，心態上我可沒有準備好把妳當成同居人，還有……」

「還有什麼？」向嵐竟是歪著嘴笑了，看得利小萌更是理智鄰近崩潰。

她稍微提高了音量，「還有，我覺得同居人並不是互相忍受對方，如果我們放棄溝通的話，就永遠沒有機會互相了解了。」

「講那什麼咖啡話。」向嵐這下笑得更開心了，笑得倒在沙發上扭來扭去，「哈……嘻嘻，笑死我了，妳說教的樣子有夠經典，以爲自己是眞的老師喔？」

聽到「老師」兩個字，利小萌的表情顯得黯淡了些，「我確實是老師。」

注意到語氣裡的不快，向嵐像是十分得意地回嘴道：「是『代課老師』才對，一個誰都能取而代之的位置，妳是個沒實力佔到正常職缺的喪家之犬吧。」

「等一下，妳怎麼會知道我的背景？」

看利小萌吃驚的模樣，反倒是原本得意洋洋的向嵐愣住了。

「哈？妳那車的安執委，什麼狗屁執行官的，沒跟妳講我的事？」

「我不知道。」利小萌疑惑地說道：「那位叫左登樓的執行官，甚至沒跟我提起有另外一位候選人的事。」

有好一段時間，向嵐只是望著怯生生的利小萌，半晌沒有接話，只是忿忿地噘了噘嘴。

利小萌則十分努力想要打破僵局，又開口說道：「所以……我是真的不知道妳的事情。請問向小姐，妳對我的事情知道多少？」

向嵐的眼睛高高地向上吊起，露出大部分眼白，看上去一副很受不了的樣子，「唉，妳這態度，讓人看了就很火大耶。」

「對不起。」

「還對不起，對不起什麼？魯蛇欸妳。」向嵐在沙發上盤腿坐著，歪著頭，不以為然地說道：「大小姐，妳該不會以爲在這社會上，卑躬屈膝的態度就能逃避這世上所有的麻煩吧？」

「我沒有這麼想。」利小萌淡淡地答，讓向嵐聽得更是怒火中燒。

「我這麼說好了，妳如果沒有意思想要爭取安樂席，就把行李收一收，滾出這個宿舍，對妳對我都好。」

「就算是想安樂死的機會，妳也不會退讓嗎？」

面對利小萌的提問，向嵐不由得皺緊了眉頭，「我想要什麼，一向使出全力，工作是，生活也是，所以當然了，我怎麼會讓給妳？」

面對向嵐的強勢，利小萌畏縮地搓了搓手，「好，我明白了。但我還是想請問向小姐，妳對我瞭解有多少？」

「我靠，還來喔，很纏人耶。」向嵐雙手一攤，任香菸末端長長的菸灰灑落在沙發上，「講得不多，知道妳求職不順利，是個代課老師，然後家裡欠一屁股債，所以想一死了之，大概這樣。」

「我明白了。」利小萌看上去鎮靜了不少，她那雙墨黑色的眼底，流露出黏膩且幽深的鬱悶，簡直要令向嵐感到不寒而慄。

「我明白，妳和我一樣，對彼此知道得其實並不多。」

「那又怎樣，我說過我們不用指教的吧。」向嵐深深地嘆了口氣。

「也許吧，但這部分我也不會退讓的。」

偶然表現出些微堅持的利小萌，在說這句話的時候並無半點迷茫，與她略顯膽怯的模樣相比，這主張當中能感受和語調不對等的強硬，讓向嵐感到有些意外。

「剛剛我聽起來，兩位執行官是要我們相互比較，看誰比較適合坐上安樂席，這麼一來，溝通和理解果然還是不可或缺的。」那不帶笑意的面孔，看得向嵐很是惱火，「身爲一個老師，我絕不會放棄去理解一個需要教育的人。」

「我不需要妳的理解，也不需要妳來教育。」向嵐搖了搖頭，拿出背包裡的投影電腦，飛快地敲打起鍵盤，隨後一把抓起投影畫面，狠狠甩到利小萌的臉前。

那是向嵐個人的資產資料，就連利小萌一時也沒能看清這存款餘額到底是幾位數。

「看清楚了，我是一個成功者！」向嵐的口吻就像是暴風雨夜的轟鳴，「我他媽是憑自己的意思想要安樂死！」

「好的，我明白了。」面對向嵐張牙舞爪的炫富，利小萌臉上只是慘澹地換上了苦笑，「總之，我沒有吸菸，能拜託妳不要在客廳抽嗎？可以的話，洋芋片碎屑請清理乾淨，維持整潔，謝謝妳。」

爾後，沒等向嵐搭話，利小萌轉身將自己關到了她的房間裡。

面對終於恢復清靜的客廳，向嵐皺著眉頭拍了一下大腿，「媽的……煩死人了。」隨後揉了揉眉間，便埋頭到自己的投影電腦裡去。

於是這麼過了一天，利小萌整個白天都關在房裡，而向嵐則繼續霸佔客廳沙發，敲打著她的資料。

與客戶之間的信件來往如雪片般掠過螢幕。向嵐翻飛著修長手指，數字和程式碼交織成篇，編輯器上一再堆疊出精妙的推導，與有用的產業分析。

同時處理不同案件對她來講並不困難，身爲獨立接案工程師的她，不僅有極高的程式功力，她一力開發、獨樹一格的演算法，在業界也算箇中翹楚。

「在安樂席上座之前，一定要把所有 Case 都結案。」她一面這麼喃喃自語，一面任由菸灰落在身旁。

事實上，這菸確實吸得沒什麼滋味。

每件 Case 都是賺錢的門路，但對於現在的她而言並不重要。

決定要在生命終結之前處理掉所有的案子，只是爲了負起責任而已。

畢竟從某個時刻開始，無論賺再多錢，向嵐是永遠也開心不起來。

幾件案子在狂風暴雨的鍵盤敲打聲中完結，她感覺自己又向生命終點更靠近一些，爲自己準備好結局之後，才開始感受到何謂如釋重負的暢快。

而爲了這個目的，向嵐覺得自己近乎無敵，什麼都做得到，體力彷彿源源不絕——直到燃盡最後一根香菸，夜晚悄然降臨之際，她才發現又忘記吃飯了。

連在家裡煮好帶來的咖啡都已經完全喝乾，肚子裡空空如也，足以揪緊內臟的飢餓與疼痛侵擾著她本來精明的思緒。爲工作拼成這樣的日子從來沒有少過，然而面對身體與精神的疲憊，她總是甘之如飴，能夠一笑置之。

不過就是生活而已，太簡單了——如同戰士般捨身，這樣的存活方式，已經消磨她的人生太多也太久，而對自己的不珍惜，也是源自於她最早的一道傷。

「嗚！」彷彿是又一次被那道傷口提醒，身上的刺青隱隱作痛，迫使她必須起身，伸伸懶腰，聽身體各處喀喀作響。是時候活動一下筋骨了。

點開燈，摸到廚房吧台前，她戳了一下標示「熱水」的懸浮按鈕。機械運轉聲乍響，滾燙熱水立刻從出水口湧現，灌注在早已準備好的馬克杯裡。科技感十足的冷光，集中在擁有獨立生活機能所必要的設備四周，水電、冷暖氣以及能夠淨化空氣的風口，即便沒人提出要求也如常運作著。

監視器鏡頭照看著她的身影，既沉默且無機。

「沒有咖啡嗎？」向嵐對監視器比了個中指，「喂，觀察官？你們在看的吧，我要磨豆機和新丘鎮的咖啡豆！」

然而，四周卻並沒有如她預期一般，有聲音橫空出世，或有道人影忽然閃現之類的，這一點讓向嵐覺得有些不開心。

不是說好有求必應的嗎？

這個時候，少了鍵盤敲打聲與投影電腦訊號音，她才隱約發現——房裡有音樂聲。

在工作時，向嵐是不聽音樂的，旋律絕對不可能從她的投影電腦裡傳出來。

會是她那不太投機的室友在聽音樂嗎？

仔細一聽，這旋律時而如急雨，時而如明鏡；有時就像清風吹過樹梢般高雅，有時又像戰車蹂躪沙場般張狂。

幾乎是被那多變又魔幻的旋律驅使，向嵐連敲門都忘了，莽撞地闖進室友的寢室。

幽暗臥室裡，隱約看得見一道纖細且嬌小的人影，她正抱著，把樂器傾情演奏著。是吉他的弦音。

然而隔著一道門片，聲音就能小到聽不見的吉他，向嵐從前可沒有聽過。唯一想到的可能性，就是這位看來一副乖乖樣的正經女孩利小萌，彈的竟然是當代非主流樂器——電吉他。

「妳白痴啊，電吉他沒有插音箱根本就彈不響……」在無光的寢室裡，彈奏著無聲的吉他，這種舉動的「有效性」實在太差了，弄得注重效率的向嵐心裡急躁得很。

就在此時，另一個令她感覺心煩意亂的氣味又讓她感到不妙。是血腥味。

細微的琴聲一直沒有停過，黑暗中屬於利小萌的身影始終保持著細碎的動作，區區是彈奏電吉他，血味是從何而來？這文弱的嬌嬌女代課老師，眞會作出什麼自殘行爲嗎？

驚慌之餘，向嵐趕緊打開寢室燈，也許是一下子燈光太過刺眼，利小萌停下彈奏吉他的動作，反手遮住了自己的雙眼。

「妳的手！」向嵐悽慘地喊出聲，衝上前去抓緊利小萌纖細的手腕。

那堪堪遮住雙眼的手掌上，有著殷紅的血痕。一再按壓吉他鋼弦，彈奏一整天絲毫不停歇，開裂的吉他繭讓手指尖流下鮮血，染紅了利小萌的手掌與袖口。

「幹！搞什麼啊！」向嵐一邊罵，一邊衝向自己的行李堆，一陣翻找之後，拿著醫藥箱又闖了進來，「我看到鮮明的傷口會很不舒服！妳自虐也別讓我知道啊！」

「對不起……」利小萌依舊瞇著眼睛，「我沒有想到妳會進來，果然我還是太吵了嗎？抱歉。」

「不是啊！靠北喔，閉嘴啦不要再道歉了，煩死人了妳這性格！」

那短髮、刺青且體態緊實的女子一面臭罵，卻一面仔仔細細地在爲利小萌療傷。模模糊糊當中看著那樣的向嵐，不發一語的利小萌像一尊雕像，既沒有放下吉他，也沒有任何反抗。

好不容易包紮妥當，只見利小萌左手四指全都纏上了紗布，那看上去極爲不俐落的模樣，似乎暫時不能再演奏吉他了。

「媽的……」向嵐忙得連額頭上的汗珠都有了，「我跟妳講，我很討厭血。」

「對不——」

「好了好了，算我求妳了好不好，不要再道歉了！」向嵐將臉埋在雙手之間大聲喊道：「示弱！裝乖！自虐！自憐自哀，我看到了都會很煩！告訴妳，我絕對要坐上安樂席，也有絕對要在死前負起的責任，無論如何都不要再影響我的心情，也不准再妨礙我，聽懂了沒有！」

望著向嵐幾乎瘋狂的宣示，利小萌先是面無表情地望著她，爾後靜靜地點了點頭，「我知道了。」

隨後，這個如同風暴一樣的女人便離開了寢室，重重甩上了門。

「不對啊。」向嵐的聲音又從門外悶悶地傳來，「這裡好歹是妳的寢室。」

門「唰」地一聲又打開來，向嵐在門口歪著一張嘴，正眼也沒看利小萌。

「客廳就算了，但這樣子闖進妳房間裡絕對是我不對，這裡我要說聲抱歉。」

利小萌瞪大了眼睛，直勾勾地望著這位行事乖張的刺青女，「嗯，我接受。」

「那好吧。」沒想到利小萌竟然答應得如此乾脆，這回反而換向嵐詞窮了。

約莫二十秒後，向嵐才又搔了搔頭，喃喃說道：「妳的吉他，彈得很棒。不如說，棒過頭了，我覺得爆幹好聽。」扔下這句話之後，她帶上了門，爲兩人短暫的二次交鋒做結。

眞是個怪人啊——沉浸在一整天的彈奏之中，利小萌一面這麼想著，掙扎著想要從椅子上起身，卻幾乎連舉手扶桌子的力氣都沒有了。

頭很暈，飢餓感在侵襲著五臟六腑，乾渴讓她每次呼吸都覺得喉如刀割，一下子發生太多事情，頭昏腦脹的她掙扎著爬上床，衣服也沒換，就這樣昏睡了過去。

不知經過多長時間，忘記關燈的寢室裡，利小萌悠悠醒轉。

短暫的睡眠並沒有爲她帶來舒適，相反地令疲憊感更加深刻。回想起來，因爲自己從安樂席

「受選人」成了「候選人」，預期的安寧假期也跟著完全走樣，心煩意亂的她只知抱起父親的電吉他一股腦地彈，演奏、演奏、再演奏，將所有煩憂藉由琴弦的振動拋下。

爲了避免影響到她那並不友善的室友向嵐，她還特意不接音箱，最大限度避免打擾到別人。無時無刻在意著「他者」的利小萌，從來不擅長面對自己的心願，於是在不確定自己究竟能不能在這場競爭當中獲勝的焦慮之中，她一再撫琴，直到經年累月練出的吉他繭也無法承受。

忘我之際且不論，從床榻上醒來之後，指尖的疼痛、身體的酸痲、精神上的疲勞以及肚子裡的飢餓，輪番轟炸著她那顆千瘡百孔的心。

難道連求死的路上都必須要充滿荊棘才行嗎？這個世界到底還要給她多少考驗才行呢？在無力的軀體裡迴響不已的扣問，彷彿就連脫口而出的力量都點滴不剩——

「中控，報時。」她感覺到自己幾乎無力起身，只得向政府廣設於每一間民宅內的管家AI「中控」發問。

「現在時刻二時四十八分四十四秒，建議睡眠，以維護身體健康。」

她凝視手腕被埋入健康檢測晶片的位置，顯示著並不是那麼健康的黃色燈號，因爲心情受到影響，一整天滴水未進，也沒吃任何東西，讓健康檢測亮起了警告。望著這個隨「全民健保6.0」導入的異物，利小萌不禁尋思——這安寧假期還眞是夠不安寧了。

胃袋因爲餓過頭開始痛了起來，然而就在此時，勾人的香氣從門縫鑽進寢室，如同輕而軟的一聲問候般喚醒了利小萌。

受到本能的驅使，她艱難地下床，開門到了客廳。在舒適系統管家AI「中控」管理的空氣濾清裝置作用之下，本來預期會聞到的殘留煙味蕩然無存，取而代之的，是開放式廚房傳來的食物香氣。

「喔，妳醒了。」向嵐回頭斜睨了一眼，隨即又動手繼續翻炒鍋子裡的東西，「去那邊坐著。」

一貫銳利的口氣，與之前別無二致的命令式口條，無力辯解的利小萌，只是拖著疲勞的身子坐上沙發。她縮起雙腿，將臉埋在膝蓋中間發著呆。

沒多久，向嵐端著兩碗鹹粥來到沙發前的茶几。

她伸手推了一碗到利小萌面前，白淨的瓷碗與向嵐手上滿布的刺青相比，看上去如一張白紙般光潔且純粹，「在妳坐沙發上這段時間，我已經讓『中控』把粥搞涼一點了，吃不吃隨妳。」

「爲什麼也準備我這份？」利小萌望著面前的粥，雖然是飢腸轆轆，卻又掩不住心中的好奇，「妳沒有理由這樣對我吧？」

「媽的，廢話很多，吃就對了講一堆。」

雖然用詞難聽，但向嵐口氣裡卻沒有責備的意思，利小萌捧起眼前的白瓷湯匙，將溫熱的鹹粥往嘴裡送去。最先有蝦米的鮮美點醒味蕾，而後屬於魚片的甜，也在湯汁裡碎散開來。帶來清脆口感的蔬菜和煮得鬆軟的白米一同慰藉著已然感到枯竭的胃，彈牙豬肉絲還在後頭蓄勢待發，妝點著尾韻。

經過翻炒之後再細心熬煮，香菇乾粹取出來的濃郁香氣將肉、魚、蔬菜及蝦米的滋味相互統合，而經過精燉的高湯作爲粥體的襯托也絲毫不怠慢，爲她一再送入口中的動作增添理由。

「吃慢點，我有放薑末。」向嵐提醒的話語掠耳而過，「很燥，不要一口氣全送進嘴裡。」但餓得厲害的利小萌卻幾乎把提醒當作耳邊風，看出她精神狀況不佳，向嵐只是無聲地抿了抿嘴，繼續慢條斯理地吃著自己那一份。

沒多久，利小萌的白瓷碗公就吃了個底朝天，碗底光滑透亮，乾淨程度簡直和洗過沒有兩樣。

「還眞是多謝捧場了。」向嵐不著痕跡地歪了歪嘴，取走了碗，一面彈著舌頭，一面又去料理台前裝了新的一碗，「看妳吃到滿頭汗，說了有薑末妳又不聽。」

「抱歉，就是有點餓了。」利小萌一面抬手擦去汗水，一面無奈地說。

「靠，又道歉，從現在開始妳要是再道歉一次，以後煮的，就沒妳的份。」

「這可不行，好吧，謝謝妳。」

收到這意外強硬的道謝，向嵐望著她那看上去簡直一碰就碎的室友，幽幽嘆了口氣。

「這碗還很燙，可以吃很久，妳可以先用湯匙拌一下。」她說：「趁這個機會，我也講一下我的事情吧。」

「妳不是說我們不用『請多指教』？」

「幹，還提這個喔，妳眞的很不會看場合耶，就像我說的，我也有原則。」向嵐抓起湯匙，又往肚子裡送了一口粥，「我不喜歡不平衡的事情，也不喜歡不公正的競爭。我知道妳的事，妳卻不知道我的，這不公平。」

利小萌一面攪拌著粥，一面直勾勾望向始終不正眼瞧她的向嵐。

初見面時，如同熾熱焰火一般交鋒過的兩人，在半夜三更的茶几前彷彿也降低了熱度，甚至更有些寒涼。向嵐肩頭與手臂上的刺青隨著呼吸起伏，攪弄著客廳裡的整片靜謐，淡去了美味料理的馥郁香氣。

「利小姐，照妳看來，我是怎樣的人？」

雖然以貌取人並不妥當，但這個問題對利小萌而言卻並不難回答。

「妳很強勢、粗獷，身上的刺青和削短的頭髮讓妳看起來中性，身上許多地方打了洞穿了環，說明妳不怕受傷。整體來說，妳給自己貼了許多標籤——」

「唉，還是一樣廢話特多，半吊子老師都是像妳這樣，話說得多，但沒什麼屁用。」向嵐皺著眉搖了搖頭，「給我精簡成十個字以內。」

「很有男子氣概的女人。」

聽到這個結論，向嵐總算抬起頭，正眼望著利小萌。從她瞳孔底透露出的冰冷，卻在這段沉默的凝視裡顯得更為眞切。

可以感覺得到，向嵐心底某些眞誠且又同時脆弱的過往，隨著這樣的評價從沉鬱的心底浮了上來、溢了出來，甚至像寒冬時節的海水倒灌進客廳一般，令人直打哆嗦。

「看著現在的我，也許妳會認為我的性向可能是同性戀。」

「確實，妳作風陽剛，用詞豪邁，不客氣一點講是『粗野』。」利小萌點了點頭，「穿著中性，先入為主的話確實有這種感覺。」

「哈。」聽不出來是乾笑還是長嘆，向嵐慢慢放下湯匙，肩頭有些顫抖。

「告訴妳吧，為什麼我會在這裡跟妳競爭安樂席的位置。」

隨後，向嵐站起身，面向利小萌，解開牛仔褲的皮帶，褪下了外褲。

映入眼簾的，是觸目驚心的舊傷，滿布在下腹及大腿根部。

很顯然，向嵐是利用刺青，與那些傷痕交疊成嶄新的圖樣。但儘管是這樣，利小萌依舊看得出來，那遍布下身的傷勢，曾經有多麼令人感到不安。

「高中時，我被設局傷害，到底有多少人參與了這一場對我的『否定』，事到如今我自己也記不清楚。」她悠悠地說，完全不管眼前利小萌捂住嘴的雙手正禁不住顫抖，「他們蹂躪我、傷害我，用香菸、美工刀和折刀在我下半身又燙又割……從此以後，我再也沒有辦法喜歡自己。」

她自顧自說完，又自顧自穿起了褲子，坐下來靜靜吃她那碗好像沒有消失多少的鹹粥。

「這樣我覺得平衡一點了。」向嵐望著震驚不已的利小萌，「別傻在那裡，看了很煩，妳最好把我順便幫妳做的東西吃完，聽到沒？」

話說完，她端起自己的那碗粥，走進自己的寢室，獨留利小萌一個人在客廳裡，與突如其來的自白共處。

良久之後，她才又端起碗來嚐了一口粥。

美味依舊，而今卻平添一絲絲苦澀，要她禁不住嘆息。

當中控再度報時，已經是早上八點鐘。

利小萌在床上醒來，望著身旁的電吉他皺了皺眉頭。

她又抱著父親的電吉他睡著了，簡直就像是重回高中時代一樣。那個曾經憧憬父親英姿的青少女，不知何時，已經把音樂刻進了靈魂裡。通往音樂的道路驅使她勇敢、剛毅，如今卻也以同等的力道帶給她脆弱。

左手指尖傳來的刺痛，一再提醒著時空早已不同。她不是荳蔻年華的少女，也不是青春洋溢的高中女生。她適逢而立，如今是個決心憑自身意志踏上死地的女人。

也許是昨天半夜裡那碗特製鹹粥，也許是現在門縫之下又再次傳進房裡的誘人香氣，她才想起自己的夢。她也想起向嵐，那個嘴巴很壞，渾身帶刺卻又細心溫柔的新室友。

於是她跳下床，在自己房裡的盥洗室內刷過牙洗過臉，隨後推開房門往廚房望去。

「靠夭咧，妳醒了喔，昨天也沒怎麼睡，這麼早起來做什麼？」向嵐沒有回頭，她搖動有美好線條的臂膀，在不會產生明火的電磁感應爐前熟練地翻炒，模樣一如昨日半夜。

「妳沒有睡嗎？」利小萌乖乖在餐桌前坐好，「比我更早起，還自己做早餐？」

「根本沒辦法指望那些號稱會一直看著我們的『觀察官』，萬一沒東西吃怎麼辦？」向嵐一面說，一面細碎地罵了些難聽的髒話，「早上沒有咖啡我根本無法工作，好不容易有個狗屁觀察官問我要什麼，七點半才有人回應我耶？他媽我要等到什麼時候才能喝到咖啡？」

已經有點習慣粗口轟炸的利小萌聽完噘了噘嘴，「所以妳坐立不安，只好去做早飯？」

「什麼事都不能做，煩起來又睡不著，我只好做早餐啊！」只見向嵐俐落地往盤子裡分裝兩份炒蛋，隨後又從烤箱拿出鋪放了起司與熟牛肉薄片的全麥土司，在白色骨瓷盤裡就著小番茄與生菜，漂漂亮亮擺了盤。

「啊不對，還少一樣。」向嵐彈了一下手指說道：「中控，給我來一瓶蜂蜜芥末醬。」

「蜂蜜芥末醬，將於十秒後送達。」

看她熟練地對舒適管理AI發號施令，利小萌問起：「中央廚房也有咖啡，妳怎麼不順便叫呢？」

「智障AI磨的垃圾豆子，泡出來的泥巴水能叫咖啡？」將兩盤早餐小心擺到桌上的向嵐，老練地在炒蛋灑上香料，臉上表情看起來是眞的不屑，「笑死，就算一樣是新丘鎭的咖啡豆，磨的方式不對、水的熱度有差，甚至手沖有一點失誤，風味都天差地遠，我告訴妳，和其他隨便做都可以的料理比起來，咖啡這種東西可是……」

注意到利小萌正投以意味深長的微笑，向嵐忽然不知道該怎麼說下去才好，「媽的……我跟妳說這些做什麼……」她翻著白眼將利小萌的早餐推了過去，拿起叉子自顧自吃了起來。

「看不出來妳在奇怪的地方上很細膩呢。」利小萌望著眼前擺盤華麗的早點，就連蜂蜜芥末醬都沒有亂擠，好好地在盤子一角繪出花紋，她臉上的笑意又更濃了些，「都是『中控』可以馬上準備好的食材，妳卻處理得很仔細，手法也很幹練。」

「喂，女人，不准妳說咖啡奇怪喔我告訴妳。」向嵐嚼著培根罵道。

「沒有，我只是覺得妳很有趣。雖然料理要做得能入口不難，但要美味美觀，每個手續都要斟酌講究，妳的手藝這麼好，絕對不只是『有堅持』這麼簡單。」

盤子裡的炒蛋金黃軟嫩，汁水豐富又不稀爛，恰到好處的蛋香裡，若仔細一些還聞得到奶油的甜味，最後灑上的手磨黑胡椒粉更是點題，除了爲依舊精神渙散的早晨驅散迷茫之外，更能爲沒有好好休息的身子增添活力。

煎得焦香的培根、烤得剛剛好的牛肉薄片看上去十分精緻，而爲了讓肉片與半融起司相互渾成，在土司上還使用了難以分辨原料的手工醬料，撮合兩樣食材的特質。中控傳來的蜂蜜芥末醬很好地爲麵包點題，讓肉類、起司及土司毫無違和感地變成一道完整的料理。

粗獷的外表及具備侵略性的言行之下，「向嵐」這個外皮之下，究竟住著怎樣的女生呢？

想必是一位英氣勃發，有主見又同時惹人生憐的纖細女子吧——利小萌一面享用早餐，一面直勾勾盯著向嵐直瞧，看得她都有些不自在了。

「幹嘛這樣看我啊，噁心死了，吃妳的飯啦。」

「別這麼說，謝謝妳特別爲我準備我的這一份早餐，明明也沒有拜託妳。」

「什麼特別？我只是順便，食材叫來就是那種份量，不用掉又要收起來爆幹麻煩的，誰會專門爲妳這個陰沉鬼做早餐啊！」

「好啦好啦。」

短短一夜，忽然間那個一碰就碎的玻璃女孩竟然變得如此從容？向嵐一面想，一面將炒蛋送入嘴裡，表情看起來有些不耐煩。

兩人在奇妙的氣氛之中吃完了早餐，沒等向嵐說話，利小萌已經主動拿起了餐具，準備要去廚房洗碗。

然而向嵐又是一個箭步向前，狠狠將她手中的東西一把搶去，「手受傷的去旁邊啦，不要礙事。」

利小萌也不說話，她靜靜站在一旁，看向嵐分門別類，仔細清洗餐具的模樣，笑意仍是有些藏不住。

「妳跟外表看上去的觀感很不一樣。」

「唉，不要隨便跟我說話啦，煩死了。」

向嵐嘴上雖是不饒人，但卻沒有趕人的意思。雖然頭一天晚上表現出那麼令人討厭的言行，利小萌卻覺得現在眼前的這個人已經完全不同。

僅僅只是揭露了一個人不願想起的過去，就能有這麼大的差別嗎？

「也不要一直看著我，妳他媽是我老母喔？」也是被盯得有些不自在了，向嵐的口吻旋即變得強硬不少。

「只是覺得，我們真的沒有很瞭解彼此。」利小萌移開了視線，望向窗外寧靜灑落的初陽，「雖然妳先聽過我的事，但那和自己講出來還是不太一樣。」

「妳很在意我昨天講的嗎？別在意啦，我都沒有在想那些了。」

「騙子。」

向嵐結束手邊的洗滌動作，望向語調斬釘截鐵的利小萌。

那女人有著與此前並不相同的眼神，當她獲知自己只是「安樂席候選人」而非「受選人」，確實有過徬徨，但現在那股不安與驚疑彷佛一掃而空。取而代之的，是格外堅毅且富含深意的態度，那直勾勾毫不避讓的視線，彷彿正探詢著向嵐的靈魂深處，一爪一爪地搔抓著。

這種沉靜又充滿侵略感的關懷，倒令平常言行充滿攻擊性的向嵐有些退縮。

「不久之前也說過了，我是老師。雖然妳說得也沒錯，正確來講是代課老師，但我所做的事情與正職老師並沒有什麼不同。我非常明白，像我這種在心靈上迷路的老師，一樣需要別人的幫助才能理清許多頭緒。」

「妳到底想說什麼？」向嵐擦乾雙手，如同緊緊擁抱自己一般盤在胸前，彷彿在鼓勵自己，又像是在巨大壓力之前，不得不小心自我防衛。

利小萌則是張開了雙手，走上前去，給了向嵐一個貨眞價實的擁抱。

「妳幹什麼！」向嵐不由得掙扎起來，「不要碰我，我很……」

「妳很什麼？很髒嗎？」利小萌柔聲問道：「怎麼？妳昨天幫我包紮左手的時候可是很坦然呢。」

在利小萌毫不退讓的擁抱之下，向嵐徒勞的掙扎也慢慢削弱下來。她輕微地顫抖著，對於突如其來的善意既是懷疑也有恐懼。

「雖然妳說過我們不用請多指教，但妳有妳的原則，我也有我的。我身爲一個『前代課老師』，有義務去看見學生最好的一面，而我在妳身上看見了可能性，卻看不見我自己的。」

「我並不是妳的學生。」向嵐嘴上不饒人，那盤住胸口的雙手卻有些鬆動下來。

「我知道，我也不是那些曾經傷害妳的人，所以不需要把我『也』拒絕在外。」

利小萌的語調輕細，就像是房裡那把沒有插上音箱的電吉他一樣，聲音細微卻扣人心弦。

「我們誰更適合坐上安樂席？『比慘』很悲哀吧。所以，從今以後，我們相互去發現對方最好的一面如何？」

「看誰更不應該去死嗎？」向嵐哼地一聲，「隨便妳吧。」

第三章 二次檢測的結果

安寧假期別墅裡，利小萌與向嵐兩人輕擁的模樣，被舒適與健康管理AI「中控」透過監視鏡頭記錄下來，經由無所不在的網路，傳輸到某處。

那是一間整理得有條不紊的現代化會議室，懸浮在眾人面前的全息投影螢幕上，正播放著中控監視影像。在會議桌前，一眾安樂席執行委員無不認眞肅穆。

正逐漸相互理解的兩位安樂席候選人似乎相處得溫柔且和睦，對安執委卻不盡然是件好事。眾人眼光掃過同列首席執行官的岑仁美及左登樓，他們是安樂席選拔、受選人護送、安寧假期執行以及推動安樂席上座儀式……等種種業務的總負責人，在會議室裡，兩人佔據主席兩旁的頂尖幕僚位，與其他人相比，有著不可侵犯的身份差距。

「看誰更不該去死？演這什麼爛戲。」左登樓忿忿地拍了一下桌子，從椅子上站了起來，「什麼是『發現對方最好的一面』？笑死我了，安樂席是她們自己來參選的吧，這時候決定誰是更好的人有什麼意義？」

「登樓，請你坐下吧。」岑仁美也不動聲色，語調平穩的模樣讓左登樓坐下時更爲氣憤，

「錯誤已經產生，我們在上次會議裡應該也已經決議，要讓兩位當事人自己決定誰更適合當選今年的『安樂席』，你現在發這頓脾氣，只是讓其他人為難，讓主席難堪而已。」

擔當主席的男人在位置上始終不發一語，底下執行官吵成一團，卻不見他出來主持一下會議秩序，如同眼前這一切根本和他沒有關係似的。

「說到底，這本身就是個系統錯誤而已。」其中一位執行官開口說道：「根據以往的經驗，安樂席永遠只會有一個受選人不是嗎？那這次肯定只是個罕見的錯誤而已，不需要為此大動干戈吧？兩位長官。」

岑仁美不改她平淡且溫和的口吻，「是，但錯誤發生了，就還是要面對。事情發生，依法行政、實施救濟，那是我們公部門事務官必須有的素養。」

「哈，好聽！太好聽了，真不愧是學姐，說得比唱得還好聽啊，連我都忍不住要跟著唱起來了。」左登樓怪腔怪調地接口說道：「對的對的，讓兩個候選人自己去碰撞吧，最好碰出夠淒美燦爛的火花，讓我們安執委掉幾滴差不多淒美的眼淚……我聽你各位在放屁！說起這場鬧劇，恐怕只有『某些人』看得很開心吧？」

「你說的是『哪些人』？」岑仁美那風紋不驚的面孔上，不著痕跡地帶了點情緒，而其他執行委員則開始議論紛紛起來。

「左首執，你說的難道是『反燒魂黨』？」其中一位執行官大著膽子問出口，「確實有傳聞說，一部分反對燒魂的團體，像是『抽薪者』之類的民間組織，私底下似乎有些動作，但在『全民健保6.0』的植入式生化晶片監視之下，應該從來沒有成功動員過……」

「喂喂喂，注意你的措辭喔。」左登樓豎起一根食指，面對那位執行委員不屑地搖了搖，「全民健保6.0，是爲了照顧全民健康，主動發現病灶、積極提供醫療服務才制訂的，植入式晶片當然是用來照顧老百姓的必要措施。你各位誰不是這個制度下的受益者，『監視』兩個字是你該說出口的嗎？」

「是、是的，抱歉，是我措辭不當。」那位安執委急急忙忙點頭致歉，而左登樓似乎還沒打算住口。

「那些反燒魂黨也眞的腦袋有問題。『靈魂物質化』技術普及以後，燒魂只是其中一種應用，沒有這種純淨能源，合帶國哪能繼續正常運作下去？更別說，從靈魂當中提煉的『魂磚』還不止用於燒魂呢。我七十好幾，岑學姐都八十幾歲了，在座各位，誰沒有移植魂磚打造的『魂造義體』，保持青春壯年體魄？中央魂研院的技術發展，還有你各位的飯碗，全靠『全民健保6.0』維繫呢，監視？監視個屁！哪是像你們說的那樣啊，講得好像政府在欺負國人一樣。」

岑仁美木著一張臉，搖了搖頭，深深嘆了口氣。

「登樓，你講的這些，只要是合帶國民都知道。但他說的話也確實是事實——以健康之名，每個人的身體徵候，甚至是行蹤，有那個意思的話，都在政府掌握之中。」

「一切都是爲了讓國家能處在『健康』之中。」左登樓像是謳歌神明一般，如同唱歌劇的聲調令人聽得有些不舒服，「嚴密控制死亡與出生率，利用魂磚技術維繫國家與國人的生命線。我們合帶國在晶片的『保護』之下，正走在一個『正確』的道路上，我敢確信這一切都是值得的。」

他的論點彷彿擲地有聲，毫無由來的慷慨激昂，只要左登樓自己不覺得尷尬，那麼尷尬的就是別人。一干人等早已熟知這位陰陽怪氣的左首執本來就有點不太對勁，除了聆聽岑仁美的嘆息之外，都是你看看我、我看看你，相對啞口無言。

左登樓旁若無人，繼續大聲闡述：「我一向主張，有錯誤並不是要『面對』，而是應該要『修正』。」他又一次笑了，笑容如同以往一般，裂開的血盆大口又大又寬，「我早就私下調查過到底爲何會發生今天這個『錯誤』。」

聽到這裡，岑仁美臉色登時一變，「你說什麼？」

「我說，今天會選出兩個安樂席候選人，是一個『人爲疏失』啊。」

左登樓揚起下巴向會議室入口指了指，只見一名執行官自動自發站了起來，從門外領進一位身穿白袍的研究員。

那人身材乾瘦，臉色蒼白，長年使用的眼鏡片既厚重又缺乏保養，上頭滿是刮痕，讓人完全無法分辨他的眼神。白大褂不知多久沒換洗，早已泛黃、發臭，而精神狀況也絕對不能算好。他被執行官請進來之後，便雙腿一軟，跌坐在會議室一角，執行委員們一齊望過來的視線，彷彿對他而言都是能奪取性命的利劍，要他緊緊縮起身子顫抖不已。

「這不是古院士嗎？」岑仁美詫異地望向那乾瘦且充滿恐懼的男子。

左登樓則是志得意滿地哼了一聲，雙手扠腰，一副不可一世的模樣，「古桎成，你自己講，你身爲『燒魂器』和『塑魂儀』的專案總負責人，不可能在檢定人選的關鍵時刻，搞不清楚出什麼問題才對吧？」

「我、我不知道。」

古桎成微弱且顫抖的聲音小得堪比蚊子飛，就連會議室裡有根針掉在地上的聲響，搞不好都能蓋過他的回答。

「你不知道？」左登樓揚起一邊眉毛，一臉不可思議的樣子，「天哪，你在魂研院當院士幾年了你自己講，你自己講啊！除了你，還有誰能直接改動『塑魂儀』的設定值？那一年只會選出一個人的設定——」

「登樓！住口！」

這句話倒眞的讓左登樓停止了狂言。

大聲吼出來的不是別人，竟是始終保持優雅氣度，知性且理智的岑仁美。她高貴的身段向來以平靜溫和著稱，安執委自有印象以來，便從來沒人看過她大聲喝叱。

這一喊不但讓會議室安靜下來，就連左登樓也張大了嘴，瞪直了眼睛，肥又大的舌頭在口裡翻攪著吃驚的口水。

「古院士為『安樂席執行委員會』的貢獻有目共睹。」岑仁美如同按下切換開關一般，瞬間便找回了她的高雅，「要不是有他和從前許多魂研院院士的貢獻，『燒魂專案』不會通過，『安樂席執行委員會』不會存在，合帶國也不會因為通過『燒魂法』，成為一個不需要擔心能源問題的國家。沒有他們，我們可能還在『第三次世界能源戰爭』當中，被其他國家生吞活剝。」

然而她的陳述，彷彿也在左登樓的意料之中，「學姐這麼說也是完全正確，雖然我手上的證據都指向古梐成，畢竟也只有他能改動『檢定程式』。不過，站在安樂席執行委員會的立場，也是不希望這個項目最高負責人出什麼大紕漏啦。」

「『安樂席』的執行時間，已經所剩不多。」

彷彿雕像一樣動也不動的主席竟然在此時插了話，剎那間，就連準備大放厥詞的左登樓也抿起了嘴。

「不要節外生枝，古院士的事情，交給魂研院內部的職工評議委員會自己處理。我在這裡裁定——將程式錯誤修正以後，對兩位『安樂席候選人』做第二次檢測，不容耽誤。」

岑仁美站起身，似乎還想再說些什麼，但那如同局外人一般的主席卻是大手一揮，擋下了她的發言機會。

「各位執行官、觀察官、院士、委員，專心做事。今天會就開到這，都回自己崗位上去。」

一干人等紛紛起身離開會議室，而古柽成也在後續進來的保全戒護之下被拖了出去。會議室裡，依舊沒有離開的左登樓與岑仁美兩人相對無言，卻是在表情上已經分出了一次高下。

「學姐，妳請吧。」

「哼。」

一位笑開了嘴，一位木著整張臉，兩人離開會議室時，依舊是滿滿的火花。

時光匆匆過了兩週，在安寧假期配屬的別墅裡，兩個女人在餐桌前安靜地吃著午餐。

全熱交換器在素淨的白色天花板上靜靜發揮作用，將外部新鮮空氣帶入、排出室內的老廢氣體，健康與舒適管理AI「中控」將窗戶透光率調整成宜人的參數，陽光穿過偏光玻璃，溫柔灑落在利小萌的肩頭，將她一頭烏黑及肩短髮照得晶瑩透亮，萬分迷人。

她的針織外套輕薄地披在身上，雙手動用刀叉的技巧是既溫婉且優雅，看在向嵐眼底，彷彿是一幅畫。

和有著剛硬削短髮的向嵐不同，利小萌雙肩窄小，曲線柔和，在裡頭穿著細肩帶背心，遮不仕分明的鎖骨輪廓。身板輕而薄，動作溫軟得像是微風，每一次將食物送進嘴裡的動作，都是替美麗風景點綴的清波。

向嵐切開脆皮嫩烤雞腿肉，任由油脂流淌在白瓷盤底，將依舊冒著熱氣的軟嫩白肉小心送進她溫和室友的盤中，因而惹來一陣細碎的笑聲。

「短短的時間，妳已經像媽媽一樣了。」

「請妳說像『姐姐』好嗎。」向嵐微微蹙起眉頭，卻看不出怒意，逗得利小萌微笑不止，「畢竟妳手那麼金貴，我可不希望妳又受傷。」

聽她這麼一說，利小萌有些調皮地張開她的兩隻手掌，皮膚白皙的掌底，有五隻修長且輪廓漂亮的手指延伸而出，然而整隻手上又是厚繭又是擦傷，看起來可不算是保養得宜。

「吉他手的雙手，沒有一點風霜是不可能的。」利小萌得意洋洋地說，讓向嵐不由得揚起一邊眉毛。

她將一口烤雞送進嘴裡咀嚼了一下，彷彿也將思緒整理了一遍，「我想想，彈到繭整個裂開，整把琴上都是血的吉他手，應該不能當成參考才對。」

「啊、哈、哈……」即便是看起來春風滿面的利小萌，也給她說得啞口無言，她只好乾笑幾聲，毫無力道地表達一下反對意見。

兩人有一搭沒一搭，聊著並不特別營養的話題，如此光景，竟然出現在安樂席候選人的「安寧假期」裡，對聰明絕頂的向嵐而言，稱得上是出人意表。

畢竟自從「那時候」起，她就沒有眞正的朋友。

朋友是該像這樣，可以毫無壓力，交換著沒有意義的談話嗎？沒有意義的話題眞的不要緊嗎？這樣子就算是朋友了嗎？向嵐作爲知識菁英，在腦子裡升起的卻不只有一兩個疑惑。

回想高中時期，她擁有一對菁英父母。這對高學歷夫妻爲了給孩子最好的培養，能夠付出一切。在他們全力施爲之下，向嵐得以擠進口碑超群的私立貴族女校。那間學校有著悠久傳統及精實的辦學成績，學子們也個個不俗，家世背景格外精挑細選，在這樣的學習環境之下，本該期待有個能專心致志，醉心學業的高中生涯，誰知遑論是父母兩人，就連向嵐自己也沒想過——她會在人稱「菁英貴族女子高中」的地方嚐到最爲難堪的苦痛。

一切都從她那令男人也難以企及的帥氣外表，以及無比靈活的學習資質開始。

向嵐不但身高令人欽羡，和一般男性相比毫不遜色的出眾外表也讓她在女校當中鶴立雞群，情感略顯淡薄的她，在同齡女性當中展現出來的，是冷酷且有些倨傲的神情與氣質。

儘管對她本人而言，這一切只不過是因爲並不特別善於與他人拉近距離而已，但在同儕、低年級學妹，或甚至是高年級學姐眼中，這個人或者帶有雌雄莫辨的特殊魅力。極好的運動能力、優秀的成績以及聰慧的腦筋，讓她即便不愛說話，也能成爲校園裡的風雲人物，許多可愛女同學向她靠近，而不擅長拒絕的向嵐只懂得照單全收。

「帥氣又聰明的學姐」這樣的盛讚，在她高三即將畢業時達到頂峰，被動享受眾人簇擁的向嵐，卻不知道這般境遇會爲她帶來不可抹滅的副作用。

資優的天賦、帥氣的外貌及不擅拒絕的靦腆，讓青春期的她擁有難以判別的性別認同，因此被可愛女孩包圍、捲入女孩子之間的爭風吃醋，甚至承受外校男同學毫無由來的嫉妒，成了始料未及的潛在危機。然而在學業、青春與人際關係的漩渦裡，少女向嵐並沒有能夠處理這些風暴的餘裕及心理準備。

終於，在妒恨之中，校內女生與校外男生聯合起來的惡意，在一瞬間達到了頂峰。

「怎麼了？」

將向嵐從思緒當中拉回來的不是別人，正是她的新室友利小萌。她的神情裡少了剛剛才見過的高雅與溫和，取而代之的，是真心誠意的擔憂。

「我只是在想事情。」向嵐很想揮別心中那片黑霧，泥灰色的情緒一再由胸口蔓延而出，促使她強迫自己回應他者的關懷，「妳自己也不好受不是嗎？畢竟我們都是準備來送死的。」

「我倒是還好。」利小萌放下了刀叉，雙手托腮，直勾勾地望著向嵐，「我們要來發現誰比較不該坐上安樂席對吧？那麼，關心對方的狀態是很正常的。」

向嵐苦笑，笑的是這份「正常」在「安寧假期」這個死前的放鬆度假公寓裡，實在太過異常，苦的是她現在始終還是覺得該死的是自己。

「妳是一個能察覺別人受傷的女人，細心又溫柔啦。」向嵐一面感受著口腔裡的苦澀，一面說道：「而我，我又有什麼值得的？」

「妳平常並不聽音樂的吧。」

利小萌的外型是如此優雅且乖巧，但向嵐卻總是被她突如其來的發言打亂步調，「是啊，媽的，話題是這樣子發展的嗎？我說我啊……」

「妳說，我彈得很好聽吧。我的電吉他，沒接音箱的電吉他。」

「好聽就是好聽。」

利小萌雙手依舊托著腮，一雙眼睛望得向嵐有些緊張。

「是這樣，妳對別人都很友善吧。」向嵐爲難地搔了搔後腦勺，「彈琴也很好聽，妳這樣的人不該死的，繼續當個老師不好嗎？」

然而，聽了這句話的利小萌，卻反而黯淡了那雙明媚雙眼。

「儘管妳認同我的音樂，這個能源短缺的世界，也沒有我的容身之處。」

利小萌站了起來，走到窗台邊，越過外頭清爽的綠意，望著無法聚焦的遠方。

向嵐不能明白她失去過什麼，她只知道這位音樂才女有著難堪的求職歷程，欠了一屁股債。躲債的父親將責任全都甩給了女兒……這個問題對向嵐而言，並不那麼難以解決。

「如果我把財產留給妳，妳是不是就能發展得很好？」在這麼說的同時，向嵐感到心底有些刺痛，那份不確定以及對自我的放逐，彷彿同時喚起了塵封已久的傷，「我把錢都給妳的話，妳就能退出安樂席了對不對？」

「如果把腦子拿掉就能安穩度日的話，妳就會把大腦拿掉嗎？」

利小萌這麼回問時，並沒有看著向嵐。她的表情漫上的，很顯然是怒意與不耐。向嵐知道這不是在衝自己發脾氣，這位外柔內剛的室友，對於某些事物似乎有著難以言喻的痛絕，而這樣的內裡，恐怕正是利小萌尚未對她袒露的膿傷所在。

其中，或許甚至還有恨。

世界沒有給利小萌一個機會，而這所謂的機遇，向嵐明明知道再多的錢都給不了。世界曾將利小萌絆倒，一如向嵐悠悠想起的難堪。

「如果把根源去除掉，我就不再是我了。對別人來說，這或許是形而上的問題。但如果始終做著惡夢，誰會不想逃呢？」利小萌的說法，讓向嵐心底忽然漲起的暗潮，將她的思緒捲向遠方。

高中畢業之前某日，當她準備牽起腳踏車踏上歸途時，等在校門的一群男女學生將向嵐強行拉走。在校園僻靜一隅，她被塞住了口、捆住了手，面露前所未有的驚恐，而那十幾個人卻彷彿沒有停止惡行的理由。

有再高的身高，都頂不過同齡男性的腕力；有聰明的邏輯思辨能力，也想不通同儕女性的妒恨。她被毆打、被羞辱，被褪去衣物，被強壯的他者侵入。疼痛撕裂她的身體，搗毀她最隱密的處所，心被踐踏得四分五裂，看同樣身爲女性的同學笑靨如花，任異性的汗水滴在自己袒露的胸口。

直到太陽下山、四周一片漆黑，不間斷的傷害始終沒有停歇，燙傷、割傷、挫傷都比不上心底被撕裂的痛，而下腹深處傳來的火燙，早已分不清楚是疼痛，還是被碰碎的自我已經蓄積成膿。

這一切，讓向嵐成爲現在的模樣。

美麗、複雜且華貴的刺青，掩蓋了她自認最醜陋的傷，讓她能最低限度接納已經零碎、不潔的自己，起身抵禦無力面對眞實惡意的恐慌。危險的冰冷眼神，挑染成辣眼髮色的金褐色削短髮，搭配積極訓練的肌肉及帶刺的話語，向嵐獨自一人，切割了從前那個被按倒在黑暗校舍一角的自己。

那個性侵受害者，與我無關。

那個性別認同障礙者，與我無涉。

那個曾經享受可愛女孩簇擁的，無知的年輕女孩，她過於愚蠢，那肯定不是我。

透過否定、否定、再否定，向嵐得到的是忘乎所以的寧靜，有很短的時間，她覺得終於走出了新路。擁抱孤獨，安靜灌溉、細心呵護、培育起重新養成的自我，大學畢業之後，她順利斬獲知名大企業的肯定，與另外一位競爭者共同角逐唯一一個夢寐以求的工作機會——

而那個對手，竟然是過去性侵過自己，知曉她一切祕密的某一個男性。

當年在少年法院審理的案子，直到最後都沒有被移送普通法庭。於是，未成年犯罪者在成年之後，幾年之間就能將申請銷除保護處分紀錄，儘管他曾和其他人一起摧毀過向嵐的生命歷程，如今卻站在同一個殿堂上，競爭著一樣的榮譽。

就算是成人法庭的紀錄，期滿以後就能申請塗銷了。

但她的傷，可沒有期限。

他甚至私下找到向嵐，說至今依舊記得，在她最幽深的地方，有過怎樣柔韌且溫熱的舒服感受——

「咳嗯——！」

忽然開始激烈嘔吐的向嵐，著實讓窗邊的利小萌嚇得不輕。這位略微沉浸在過去的前代課老師趕緊跑向廚房，在虛懸半空的按鈕中找到了「溫水」字樣，倒了杯水、拿著毛巾，奔向她新交的室友。

向嵐依然咳得厲害，像是要將自己揮之不去的一切醜陋全都咳出來。而就在此時，溫柔的拍打從她背後傳來，搭配與心跳頻率相符的節奏，「砰、砰、砰、砰……」緩緩理順了她急促的呼吸。

「妳還好嗎？」

向嵐咳得抬不起頭，眼角餘光看著這位爭奪赴死資格的室友，那張娟秀臉龐上，有著真正的關愛。她輕拍背部的每一個節拍，都能透進千瘡百孔的心窩。

「我去梳洗一下，妳別忙，地板什麼的我等一下來擦就好。」

向嵐想要起身，但利小萌將她按在椅子上，力道之強，猶如她心底的決心一般堅定，「不，妳有事，所以妳有比梳洗更重要的需求。」

「我眞的沒——」

沒等她辯解，利小萌將向嵐緊緊擁抱在懷裡，高挑的她，一張臉就這麼深埋在利小萌胸口，任由溫柔的心跳爲她帶來寧靜。

「我剛吐過……沒有擦嘴。」埋在胸口的向嵐含糊地說道。

「沒有關係，妳就是需要這個。」

「什麼嘛，妳、妳眞的……有毛病……」

毫無預警地，不講道理的。

向嵐的眼淚奪眶而出，嘶啞的嚎哭在利小萌胸前化爲悶堵的抽噎聲，細膩地述說起長久以來的疼痛與不甘。

而利小萌只是撫摸著這位室友的頭髮，「別擔心，我在這裡，沒有別人，沒人可以讓妳受傷。」她說。

這一天對向嵐而言很長很長。

她在沙發，被利小萌像是護住懷裡一樣擁抱，甚至任她躺在自己腿上，聽她細數高中時代的壓力、畢業前夕的欺凌、大學時代的抑鬱以及就職前那段令人作嘔的不期而遇，還對著室友和盤托出自己成爲 SOHO 族之後的一切拚搏，以及一個人面對生活的種種孤獨。

她在心底無數次吶喊著，要自己不要再說了，但利小萌充滿耐心且溫和的臉龐讓向嵐止不住淚水，也止不住心底外溢的膿傷。直到紅腫的眼睛被衛生紙擦到如刀割一般劇痛爲止，那如同長夢裡驚醒的情緒，還是讓向嵐感覺不像自己。

「分明我之前已經跟妳說過一些關於我的事，幹嘛的，我也不明白今天是怎麼了。」向嵐軟綿綿地躺在沙發上，任由利小萌用搓熱的雙手覆蓋在自己的眼睛上，「我明明沒有打算說到這麼細的，搞得我好像抱怨一整天。」

利小萌卻並不答腔，輕柔的笑容始終掛在臉上，一如早上剛剛察覺向嵐有些不對勁的時候。彷彿她可以一整年都如此溫柔，彷彿那上揚的嘴角裡有永遠用不完的慈愛。

「話說回來，妳用搓熱的手摸我做什麼呢？」

「這樣子算熱敷吧，眼睛會比較舒服。」

沒有科學根據能夠證明，這樣的動作對哭腫的雙眼有什麼恢復作用，況且利小萌那雙手，全都是與她柔和外表完全不相符的粗厚硬繭，既粗糙且刮人，理論上來說，這動作對從前的向嵐而言，可能根本沒有任何意義。

但現在，她卻眞的覺得這雙溫熱的「吉他手」有著能讓心情安定下來的奇效。

「這個方法呢，是我媽教我的。」利小萌淡淡地說道：「電影裡面不是常常有演嗎？要讓人安息的時候，就要把他的眼皮蓋起來——」

「靠，那是對死不瞑目的人才這樣子好不好。」向嵐深深地嘆了口氣，「我還活著耶！」

利小萌笑聲如銀鈴，在「安寧假期」的房間裡迴響了好一陣子，就連向嵐也給逗得笑了起來。

「說起來，我媽直到自己病得起不了身時，還在病床上對我這麼做呢。」利小萌收起了手，微笑著閉上眼睛，「那時我天天以淚洗面，因爲爸爸忙音樂工作的事，幾乎沒時間來探望她。」

「妳會恨爸爸嗎？呃不對，要是會的話，妳就不會拿父親的電吉他演奏吧。」

「不，我恨他喔。」利小萌的笑意看上去沒有絲毫減少，但語調裡卻有了少許的黯然，「我確實是恨他的。」

爲了音樂，利小萌的家庭失去了很多，人生也與心中的藍圖相去甚遠。她回想起來，自己對於一心追求音樂的父親確實有恨。但是這股恨意時時和仰慕纏繞在一起，又混合著母親在病榻上對父親一再的諒解，最後變得很難弄清楚自己到底該不該繼續恨下去，一切變得曖昧不清。

「我媽不恨父親，所以我也變得沒有辦法責怪他。久而久之，在我同樣走進音樂之後，才明白那裡面的魔力對我、對父親而言有同等的吸引力，所以我能理解他對音樂世界的痴迷。但這依然不影響我恨他，人就是這麼複雜，不是嗎？」

無論要愛人，還是要恨人，只是一念之間，終究並不難。但是向嵐能夠明白這份無窮無盡的糾結，可能持續到終老的那一天。

「停留在這份既愛且恨的曖昧情緒當中，父親又在家裡積蓄被騙走、欠下一身債務之後人間蒸發……因爲他的關係，債主、討債公司日夜騷擾，我連家都回不去，那個曾經有我、他、母親氣味的家。」

所以，這位溫柔的室友就這樣走進了安樂席——向嵐仰望著利小萌背光的笑臉，那表情背後深埋的創痛，似乎也和自己一樣，永遠沒有癒合的一天。

利小萌也同樣再一次面對了自身的過往，將她推上燒魂之路的，正是她自己夾帶的這些煩惱。向嵐非常明白，這位溫柔的前代課老師之所以對等地揭露自身的傷，是因爲自己花了整整一天時間哭倒在沙發上，兩人站在同樣袒露的彼此之前，有了毫不隱藏的情緒。因此她也伸出了自己的手，輕輕覆蓋在利小萌柔嫩的臉龐。

利小萌像是有些驚訝，但沒有拒絕這樣的撫慰。向嵐外表雖粗獷，但從事資訊工作的雙手卻非常細緻絲滑，彷彿這位渾身帶刺的女孩，將所有的溫柔集中在掌心一般，讓利小萌感到無比心安。

爾後，淚水自臉頰滑落，經過指尖、指節、手背，再滴落在向嵐臉上。那淚水有些重量、有些熱，弄得向嵐臉上有些癢。

「看看我們，都哭起來了，像什麼話嘛。」還是一樣不帶真正的惡意與情緒，利小萌笑著哭，向嵐罵完，也是哭著笑。

「我們都是大傻瓜呢。」

入夜之前，向嵐一面碎念著有關自由被剝奪之類的耳語，一面看似不情願，卻十分仔細地收拾著被她弄亂的客廳。安寧假期別墅原本便有設置兩人各自的專用房間，向嵐本來就沒有佔據客廳的必要，一切都只是因爲她的防衛心作祟，需要擴大自身領域而已。

在自己的房間裡，利小萌爲自己受傷的手指套上專用指套。雖然會稍微影響到按壓琴弦的手感，但對於手上本來就有厚繭的利小萌而言，並不算太大的阻礙。

現在還有機會，她依舊是安樂席的候選人。即便不是命定的死亡，作爲能有所選擇的人，利小萌還是可以感受到幸福。

沒有打算再把自己生命裡最後剩下的重要部分雪藏，就算手上的傷口沒有癒合，如此彈奏又何妨？在這樣的心境之下，即使再多一天，再多一次演奏，也是最好最棒的吶喊與綻放。

在指套的輔助之下，她再一次演奏起那沒有接上音箱的電吉他。空氣裡震動著思緒與念想，她在午夜夢迴裡不知揣摩過多少次的彈唱，透過她的鼻息一點點洩漏出來。

那是奔放與鬱結交織的幻想，是在猙獰世界裡一度盛開的花。彩色的燈光照不進她的心房，在最幽深的地方，利小萌知道自己始終一個人在吟唱。

唱那沒人聽得見的歌，用一雙已經受傷的手，掬起已經失去的東西。

所以她無聲張嘴歌唱，閉起雙眼，感受黑暗將她高高抬起，運往世界的邊疆。音樂將她帶走，將淚水、訣別與失望，留在那個被討債標語及紅色油漆汙染的家。

是不是這樣就可以淡忘？利小萌明白這是不可能的。世界沒有善良到可以簡簡單單將約定俗成的歧視一筆勾消，她在心底深處知道，那個曾經被稱爲音樂才子的父親，永遠取不回他的靈魂。

她也是一樣。

然而，在這沉悶的獨唱當中，不知何時開始有和聲自然而然地加了進來。利小萌非常詫異，這一首沒有完成的獨創歌曲一直是自己的祕密，身爲代課老師，當然不能被發現她用靈魂怒吼的一面。

那麼，又是誰，在與她唱和？

她睜開眼睛，只見不知何時已經將客廳收拾乾淨的向嵐，正好整以暇地坐在一旁。懸浮的投射電腦螢幕顯現出一台虛擬 Keyboard，向嵐咬著沒有點燃的香菸，在那上頭暴雨急疾地演奏，恰好與利小萌彈出的吉他弦音組成絕佳的合奏。

「我不知道妳還有音樂才華？」利小萌苦笑著望著她的室友，「到底有什麼事情能難得倒妳的？」

「我沒有妳講的那種才華啦。」向嵐擠了擠眉頭，「只是配合妳的音樂彈點東西而已。分析妳的音符，確認好應該有的和弦種類，掌握好所謂 Keyboard 的按鍵代表什麼意義……妳知道嘛，那什麼，全全半全全全半……？」

也就是說，向嵐是以單純的邏輯和現學現賣的樂理，就跟上了演奏。一想到這裡，利小萌臉上的苦澀就更濃了些。

原來這個世界上，是眞有天才存在的。

也不知道是哪裡來的衝動，利小萌把電吉他往床上一丟，將向嵐推倒在自己床上。而這個渾身刺青，看起來拒人千里之外的女子雖然驚訝，卻始終沒有將利小萌從面前推開。

一時之間，兩個女人在床上面面相覷，幾乎只有心跳聲能提醒——時間依然在流動。

「我問妳，是眞的嗎？」

「幹，沒頭沒腦的，什麼眞的假的啦！」

「妳剛剛說的全都是眞的？我彈什麼，妳就跟得上？」

「跟、跟得上是什麼意思？和妳合奏的意思嗎？靠北喔不要打啞謎啦！」

連自己不知不覺端出完美伴奏的自覺都沒有，利小萌這下完全明白……向嵐能夠立刻分析聲音，並且運用樂理知識一起演奏，是純粹天然的直覺與才能使然。

而且，還根本不在意夥伴所演奏的，是需要消耗電力的電吉他。

這個世界非常雙標，投影電腦、裝飾性的照明、其他各種各樣3C娛樂用品無一不是需要使用電力的東西，但奔放的搖滾音樂卻被貼上「沒有必要性」的標籤，從能源戰爭之後被唾棄至今。

而眼前這位夥伴不但不在意利小萌的樂器，甚至她使用的還是沒什麼人會用的虛擬Keyboard……

「可能性」的風暴在利小萌腦海裡興起湧浪，消逝已久的音樂熱愛，竟然會在死亡之前的安寧假期被重新點燃，這樣的黑色幽默，有幾個人受得了？

「哈哈……」

「欸幹，妳笑什麼啦，很可怕欸。」

向嵐紅著一張臉抱怨道，而利小萌只是靜靜地起身。那饒富深意的神情裡既有溫柔，也有心願，閃耀的星光在眼底徘徊，盯得向嵐都有些不好意思起來。

爾後，這位曾經是老師的吉他手，只是再一次拿起吉他。

「妳爲什麼要跟我一起彈啊？」她問。

「嗯？因爲很好聽啊，雖然我不知道妳彈的是什麼鬼啦。」她答，「該說是有很厲害的感染力嗎？妳彈到手指噴血的那一天不就讓我悄悄聽了一整天。我腦海裡就都是妳這旋律了啊。」

利小萌的微笑依舊，只因她沒有說出口的是——這首歌是她尚未完成的原創曲，而向嵐第一個記住她尚未發表的歌，不但記得住，更懂得這首歌。

「嘻嘻……」

「怎、怎樣喔。」

看向嵐一臉稀奇古怪地望著自己，利小萌更是笑得合不攏嘴。等她好不容易笑完，看那渾身刺青的室友困擾的模樣，越看越是十分可愛。

於是她在心底暗暗下了一個決定。

「我可以直接喊妳的名字嗎？」

「啥啊？」向嵐有些吃驚地看著笑臉盈盈的利小萌，「啥小啦，這還要問的嗎……」

「嵐。」

簡直就像是被按了暫停鍵一樣，被這麼稱呼的向嵐整個人僵在床上，就像個雕像似的。

「妳也可以叫我小萌。」

「喔……好喔。」向嵐機械似的回應道：「……小萌。」

「嗯，做得很棒喔。」

利小萌像是非常疼惜地摸了摸向嵐的頭，惹得她一陣臉紅，就連耳根子都火燙起來。

「靠，不要摸啦！」

「好好好。」

利小萌微笑著收了手，看向嵐就像是毛被弄亂的小動物一樣，拼命梳理頭髮的樣子。她暗自點了點頭，又再度彈奏起電吉他。

沒有多做解釋，向嵐很快發現，那音樂的品質開始變得和早先不同。

飽滿、結實，卻又不失歡快，旋律裡蘊含的力量與想法，似乎更爲清晰且容易理解。然而，要跟上如此全力施爲的節奏，可就沒有原本那麼容易了。

換作是從前，向嵐也許會因爲嫌麻煩，而將這項不需要的技藝束之高閣——

但她如今卻有一種感覺，覺得利小萌正用電吉他的弦音，邀請她去往從前未曾想像過的遠方。

所謂的音樂，就應該是這種感覺嗎？

向嵐閉上眼，幾乎能看到利小萌又唱又跳地，在五光十色的舞台上，對她伸出手。

「嵐。」

「小萌。」

在音樂徜徉的小小房間裡，安樂席的兩位候選人沉浸在共同織就的音樂裡，都是滿臉的微笑。

一夜歇息，向嵐在床上睜開眼睛。全身上下傳來的舒暢感，讓她明白自己真的睡了一趟好覺。前所未有的睡眠品質令她有少許的詫異。

安全又閒散的空間裡，有她與另一位女性的平穩呼吸交疊在一起。往身邊一看，雙人床一側，依舊熟睡的利小萌近在咫尺。樣式過於乖巧的黑色平瀏海本來令向嵐感覺無比呆板，但如今側躺在床上的她，髮絲卻在額上誇耀著叫人難以忘懷的可愛弧度。可愛？向嵐對心中浮現的形容詞感到有些疑惑。但當她掀開被子，發現自己竟和她的新室友牽著手入睡以後，馬上又覺得似乎也沒那麼需要大驚小怪。

「確實是可愛。」她噘了噘嘴，用氣聲對自己說道，隨後輕手輕腳從被窩裡鑽出來。然而還沒等她離開，滿是刺青的手臂便傳來了輕柔抓撓感，微弱嘆息從被窩裡「飄」了出來，「嗯……妳要去哪……？」

向嵐於是停下動作，摸了摸利小萌的秀髮，「幹嘛那麼黏人？做了什麼夢？」

「嗯……」利小萌迷迷糊糊的聲音如同牛奶糖一般既甜且軟，「我夢到爸爸離家失蹤那天……」

「沒事，妳說了很多自己的事，我們又一起玩了音樂，日有所思、夜有所夢而已。他都失蹤五年了吧？別想了，乖乖躺好，我去弄早餐。」向嵐悠悠地吁了口氣，反手又幫身子看上去比自己更單薄的利小萌蓋上被子，順便把她纏著繃帶的每一根手指都輕輕撫摸一遍，「有傷口的地方藏好來，外面這麼冷。」

「有『中控』在，怎麼可能……會冷……」利小萌輕軟的提問很快又被平順的呼吸取代，似乎她也跟向嵐一樣，對於昨晚罕見的安眠十分享受。

看她瞇成細線的雙眼，向嵐自己都沒發現，臉上早已掛著從高中時代以來便告失蹤的笑容。隨後像是忽然驚醒一般，她揉了揉自己的嘴角，對於這個不可思議的變化感到震驚不已。

兩人見面至今，才不過短短兩週時間。那些糾纏自己有十餘年以上的痛楚，能在這裡變得微不足道，完全是始料未及的事。

思量著這一切，向嵐來到廚房，一面向「中控」提出需求，一面檢視自己心裡發生的變化。

自從她的人生被高中時代的犯罪者毀滅以來，日夜被憤怒與焦慮籠罩的日子裡，幾乎沒什麼事情能讓她再一次感受到欣喜。那些人從她身上奪走了尊嚴，似乎也把她心底一些重要的欲求也給搶走了。

關乎自我認同，關乎對未來的想像，關於他人的善意，關於夢。在那場摧毀身心靈肉的凌虐之後，生而為人，所喪失的何止是魂魄。

「我甚至有想過，像我這樣的人，靈魂難道還乾淨嗎？說不定早就沒有『燒魂』的價值了。」向嵐低頭炒香了散蛋，俐落盛盤之際，向虛空中某處這麼說道：「我本來也以爲，你們準備了利小萌這個名額，也是打算要來否定我的。」

廚房沒有別人在，烤箱裡的起司馬鈴薯發出陣陣焦香，清洗西洋芹菜的水聲滴落在洗水槽裡，那瀝瀝聲響，甚至比向嵐的自言自語更宏亮。

儘管是這樣，向嵐卻也沒瘋。她說話的對象，是透過監視鏡頭觀察，在「安寧假期」顯得無所不在的「安執委」，也就是「安樂席執行委員會」的眾多觀察者。利用「中控」的網路鏡頭，他們當然看得見向嵐的身影，也能聽見她語調深沉的提問。

然而，這注定是得不到回應的質詢。低階安執委的權限，只允許他們「觀測」受選者，任何對話都有可能造成心態變化，從而被嚴格禁止。受到「塑魂儀」遴選的受選者是何等公正的評判？萬萬不是以人類之身、肉體凡軀的智識可以妄加判別。因此，安執委一如從前的制約——將向嵐的提問視爲無物，任由她的自言自語飄散在空中。

本應是如此的。

「向小姐，我們不需要做這種假設性的對談，沒有意義。」

廚房本來應該迴盪著由AI挑選的放鬆系輕音樂，但此時此刻，揚聲器卻傳出了首席執行官左登樓的聲音。

「怎麼會沒有意義，甚至連小萌和我的對話都有了意義。你我之間的對話會是全無意義的嗎？」向嵐微笑著，一面剝除芹菜堅硬的纖維部分再加以冰鎮，「你們這些變態應該也透過鏡頭看過我們在客廳裡談過什麼吧。我都察覺得到自己心裡有變化了，相信你們應該也不會毫無感覺才對。」

「確實是有些不必要的接觸和變化。」左登樓在語氣裡漫上了顯而易見的不屑，「畢竟妳們兩人都是自己申請赴死的『志願者』，聽著，不要以為自己還有選擇的權利，都是被『系統』選上的人，只要乖乖按照遊戲規則走就好。」

明白繼續說下去也沒有交集，向嵐也不再順著左登樓的話鋒走。她將烤箱裡烤得正好的起司馬鈴薯，搭配綠竹筍裝盤，與煎好的荷包蛋與美式炒蛋組成一份令人垂涎的豐富早餐。放上餐桌以後，她準備躡手躡腳摸進房間裡，卻看到利小萌已經穿戴整齊，坐在床沿微笑望著她。

突如其來的對望，倒讓向嵐不知為何有些退縮。就像是一種直覺——向來聰明絕頂的向嵐幾乎能夠篤定利小萌有話要說。

「早餐已經好了喔。」儘管如此，向嵐還是盡量擺出一副處之泰然的態度，正面迎上利小萌的笑容。

「好喔。」

伸出帶繭的手，利小萌牽著有些踟躕的向嵐往餐桌走去。已經換上乾淨紗布的手指尖，讓向嵐無法感受到她的溫度，只覺自己的心跳是多麼急促。

她們如同前幾天，就著餐桌兩側坐下。芬芳撲鼻的焗烤馬鈴薯與烤筍、新鮮處理好的西洋芹，都令人食指大動。利小萌拿起一根芹菜，沾了向嵐特製的沙拉醬一口咬下，那雙秀眉舒展開來，滿足的模樣甚至讓向嵐沒能想起利小萌是不是還沒洗過臉刷過牙。

她呆呆望著身穿寬鬆居家服的利小萌，沒有動自己眼前的早點，數次張開嘴，也沒能說出一句話。

「妳在想……要我退出『安樂席』，對嗎？」

「妳、妳怎麼會這麼想？」面對利小萌溫軟的提問，向嵐竟是有些慌張。

「其實我早就醒了。」利小萌一面用刀子切開焗烤綠竹筍的鮮嫩筍肉，一面帶著笑意說：「妳透過中控和左首執的對話，我全都聽到了。」

「既然妳有聽見的話，那我也不用再假掰了吧。」

與利小萌不同，向嵐面前雖然也放著自己準備的早餐，但明顯沒有享用的餘裕。

她那張本來冷漠的臉龐上，有著前所未見的誠摯，以及不說不可的堅定，「雖然我不知道妳是怎麼發覺這層含義的，但我承認是有這麼想。」

「爲什麼呢？」利小萌也放下了餐具，她雙手交執下巴尖，溫柔嗓音與婉麗的眼神，彷彿隨時能滲出蜜。

「因爲我錯了，妳眞的是個老師。」向嵐沒有察覺自己述說時，已經擰緊了拳頭，「之前酸妳，說妳只是個代課老師……講這樣的話，只是想要惹妳生氣而已。」

「嗯，我知道。」利小萌瞇著眼聽，嘴角的微笑弧度依舊。

「可是，妳做到了。那是以前我所有老師都做不來的事。」感受到利小萌的輕鬆餘裕，向嵐有些著急起來，「妳傾聽，而且引導了我，我那些從來不曾好過的傷……沒人想過要醫治我，只有妳。」

「嗯，這我也知道。」

「我從來不覺得自己可以從影子裡走出來，應該沐浴在陽光下的那些年，我都在房裡，獨自一人！被從前的傷拉住腳，一步都走不動！」向嵐的聲音越來越大，「妳這樣的人，不應該選擇結束自己的生命！」

彷彿忘記換氣，向嵐的聲音在房裡撞出回聲，爾後她氣喘吁吁，與利小萌帶著的溫柔笑顏相比，兩人的情緒竟像是完全沒有關連。

這份微妙的疏離，讓向嵐有點失落，也有點吃驚。

「妳並不明白我的全部。」利小萌靜靜放下手中的刀叉，溫和的語調裡卻有著不容違抗的莊重。

「妳對他人有幫助，不像我！」向嵐開始高聲大吼，「看看我，我傷害別人，我獨善其身，我企圖用賺錢的速度，來否定那些人給我的屈辱！我、我是已經被弄髒的人……」

「所以，妳想要擅自證明，我更有活下去的價値，妳才應該接受安樂席，成爲合帶國的能源。」利小萌歪了歪頭，閉上了眼睛。

她想著前一天晚上的合奏，想著向嵐的財富和才華，想著兩人其中之一離開安樂席的話，究竟是誰更適合。

「這麼自我中心的判斷，我當然無法接受。」

那句話，甚至比向嵐掃落桌上的早餐時，餐具撞碎發出的聲響更加鏗鏘，在她心底烙下的印痕也更爲熱切。

「那麼我，也不能接受！」

利小萌這麼好的女人，怎麼可以一死了之——此時此刻，向嵐無法向自己撒謊。

她變得很珍惜眼前這位看似嬌弱，卻無比強大的女人。

「那好吧。」利小萌依舊溫軟的語調，如同輕輕撫過向嵐胸口的微風，「那我們就來比賽吧。」

「比什麼？」

「比誰更適合贏得安樂席，就像一開始一樣。」

幾乎是以這一天的宣誓爲信，兩人之間，重新張開了一層難以突破的沉默。

本因相互之間的坦誠，得以短暫消弭的距離感，在言說之間，驟然增加了何止十萬八千里。

向嵐對於自己的改變特別難以釋懷，她從一個全身帶刺的自我防衛者，成了一個時時刻刻在乎著室友的關懷者。只是因爲一場自白就能變成這樣嗎？向嵐無數次向自己質問。

然而她心裡卻明白，這是她身邊的所有人未曾讓她做到的。利小萌是唯一一個讓她重新擁有勇氣面對舊傷的人。

未來，眞有另一個人，能讓她這麼指望嗎？

獲得改變的契機——這和她最早申請「安樂席」的初衷自然是差得非常多。而她對於這樣的自己，還沒有能夠全盤接受的餘裕。

然而，本來在兩人之間似乎相對處於弱勢的利小萌，卻在決定性的那一夜之後不變。她變得安靜且冷酷，獨立且封閉，將自身關閉在音樂之中，任由效果器與吉他的弦音撼動整間「安寧假期」別墅。

向嵐原本打算在「安寧假期」結束之前完成自己「生前」接下的所有案件委託，在利小萌關閉溝通管道之後，有那麼一段時間，她也賭氣來個相應不理。於是工作進度可謂突飛猛進，絲毫不受利小萌猛烈釋放的搖滾音樂所影響。

向嵐本來在工作時從不聽音樂。

從前，她心裡總有著自己永遠無法排解的雜音，光是專注排除那些雜訊就已經十分吃力，遑論在工作當下還有其他音樂傳入耳中。如今，她卻在利小萌如同吶喊一般的搖滾弦音裡，也能完美達成每天給自己設定的作業目標，就連她自己也感到十分不可思議。

拜此所賜，她帶來的工作花不了多少時間便全數完成。在與最後一位客戶結清尾款之後，向嵐關閉自己帶來的投影電腦，無力地躺倒在沙發上。

埋頭工作以來，究竟有幾天時間沒有看見利小萌的身影呢？

別墅全區都在「中控」的觀察之下，儘管不需要到廚房，也一樣能透過舒適管理AI叫來簡便食品。在全民健保6.0的晶片監控之下，也不必擔心利小萌的健康管理問題……

但是結束所有委託案件的向嵐如今閒得發慌，聽利小萌的吉他聲不斷傳來，她又開始擔心起這個不知節制的室友會不會又再度弄傷了手。

少了工作桎梏，當然也無法逃避腦海中的胡思亂想。於是向嵐皺著眉頭起身，往利小萌的臥室走去，伸出手正準備敲門之際——

「啊啊，麥克風測試——」

如同唱歌劇一樣誇張的語調中斷了她的動作，同時也令房裡的吉他弦音戛然而止。

「那麼，這個呢──我是『安樂席執行委員會』的首席執行官──左登樓。」

「我是同列首席的執行官岑仁美。」

與左登樓相比，聽得出來岑仁美的聲音相對比較沒有精神。

「靠北喔，兩位大人，這麼突然有什麼事？」被打斷動作的向嵐感到有些不自在，就連語氣都充滿了攻擊性。

「唷唷，很好，很有朝氣，我很──喜歡──」

左登樓那叫人生氣的態度登時令向嵐大發脾氣，她一拳捶在別墅牆壁上，回聲悶得彷彿直達心房。

「登樓，你什麼時候才能把事情做得俐落一點？」岑仁美深深嘆了口氣，整頓一下情緒又清了清喉嚨，隨後語調鄭重地說道：「向小姐、利小姐，請妳們都專心聽我說。」

向嵐聽得見房間裡，利小萌放下電吉他並起身的聲音。她不由自主將背靠在臥室門板上，感覺她那溫和卻強大的室友似乎也正隔著門片與她相依。

「中央魂研院的靈魂檢定儀器，也就是『塑魂儀』，經過我們這陣子以來的精密檢修，技術人員終於找到問題出在哪裡了。因此在完成修復之後，立刻又對兩位的靈魂素材做了一次檢定。」岑仁美頓了一頓，深吸一口氣，「我在這裡重新宣布，安樂席的正選人是──」

第四章 陰影之中的眞心

雖然住進那間別墅，頂多算起來也只有一個月時間而已，但是對向嵐而言，卻好像已經過了一輩子那麼久。

拖著自己帶來的行李箱，走出別墅大門並不費時，更不費力，畢竟裡面裝的衣服以及日常用品並不眞的很多，整頓打包，不花多久的功夫。

安樂席執行委員會的行政人員早已等在門外，向她收回感應磁卡的手攤放在向嵐面前，約莫也有一分鐘之久。

「請問……向小姐？」

彷彿是從夢中驚醒，走出「安寧假期」的向嵐神情迷離，即便機械性地將磁卡交到他人手中，瞳孔卻怎樣都無法向附近的人影對焦。

「安樂席的正選人，是利小萌小姐。」向嵐的負責人，也是與左登樓同列首席執行官的岑仁美神情溫柔地望過來，「我也不知道該說恭喜還是遺憾，委員會這邊對於您的『生存』充滿祝福，也將爲這一個月以來的麻煩及傷害，做出相應的補償……」

「妳說補償？」聽到這裡，向嵐像是終於回過神來，惡狠狠地往岑仁美臉上瞪，「造成麻煩？你媽的，你們安樂席執行委員會，把別人的人生揉成一團爛衛生紙，只是覺得『添了麻煩』這麼簡單？」

向嵐絲毫不加掩飾的怒容，在情緒上有著確確實實的感染力。現場所有低階安執委無不低下頭來，只有身爲首席的岑仁美依舊抬頭挺胸，堂堂正正面對當事人的火氣。

「人生，是你們這些事不關己的政府官員可以補償的？」向嵐甚至沒有發現，她說到激動之處，已經紅了眼眶，「你們他媽能夠明白，大半生命總是孤獨的人，遇到人生第一位知己，卻必須眼睜睜看著她死去，是什麼心情嗎？」

「我們——非常同情妳的遭遇，向嵐小姐唷。」

如同唱男高音一樣誇張的聲音，幾乎是和岑仁美的嘆息一起登場。身形挺拔的男子從加長型黑色禮車跨出一隻腳，精心擦過的皮鞋在並不溫暖的晨光下，反射著比太陽更奪目的光。

「我左登樓是多麼感動啊！」他一手擺放在心窩，一手高舉向天空，「一場不該有的錯誤，發生在神聖的儀式之前，是多麼不祥！但是，但是啊！」

他清了清喉嚨，以慨嘆語調接著說道：「如今，錯誤已經得到改正。而一個眞正下了決心的仁者，她無敵。求仁得仁者，她無匹……」

「好了，登樓。」岑仁美目光掃過氣得發抖的向嵐，出聲制止道：「你也應該考慮一下向小姐的心情，少說幾句吧。」

「說什麼呢？」左登樓卻沒有一點消停的意思，「無論怎麼說，向小姐都應該高興的吧。她是不該死的那個人呢！」

匡噹一聲，尚未上車的行李箱摔到了地上，向嵐一個箭步上前，揪住左登樓的衣領，眼神銳利得能將面前的男人一刀兩斷，但相較於周遭低階安執委的慌張失措，男人卻顯得十分泰然自若。

「你他媽再說一次看看。」向嵐語調低沉且滯重，「什麼叫做我才是不該死的人，說得像小萌就該死一樣。利小萌的音樂是我聽過最棒的天籟，幹媽的這個世界根本就虧待了她！她不應該死在這裡！」

「如果戳到妳的痛處我很抱歉，不過，我不覺得有什麼需要道歉的地方。」左登樓歪斜著一張嘴，似笑非笑的態度看著更令人怒火中燒，「誰更適合坐上安樂席，是透過已經修正的機器再次判讀過你們兩人的靈魂，最後得出的結果。既公正，也公開，經得起社會檢視，也經得起魂研院的研究小組論證。」

「你們原本不是這樣說的！」向嵐揪著領口的手捏得更緊了，「你們說要讓我們競爭，看誰更加適合！她的音樂之路不應該死在這裡，總之把我的財產給她，現在還來得及……」

「唉唷唷，別白費力氣了。」左登樓嘻皮笑臉地說道：「都直接告訴妳了，這是塑魂儀修正 bug 之後的最新檢驗結果。應該比較不會讓妳不服才對啊？都是程式設定的嘛，不讓妳們做決定，也才省得被人說是『人爲操作的結果』。」

向嵐簡直不敢相信自己聽見了什麼，她憤恨地提高了音量，右拳往左登樓的臉上恨恨地招呼過去——

然而，抱著拳頭骨折也要狠狠砸爛那張臉的覺悟，預想中的痛楚，卻沒有像預期一樣降臨。仔細一看，安靜的岑仁美竟單手抓住她盛怒之下揮出的拳，絲毫不費力氣。

「向小姐，我爲同事的無禮向您道歉。但對公務員行使暴力，絕對不是明智的行爲，還請您忍耐。」

「忍耐？我爲什麼該忍？」向嵐掙扎著如同被鋼條箍緊的手，忿忿地罵道：「這狗屎執行官講的算是人話嗎？我幹他媽需要把他當人看的嗎！」

岑仁美卻並不說話，她那雙經過改造的義手有令人不安的冷光開始流動起來，無論向嵐如何掙扎，想往左登樓撲過去，卻始終是徒勞。

她只得滿滿不情願地放開了手裡捏著的領子。

走向掉落在地上的行李，向嵐彎身整理一下略顯散亂的衣服，淡淡說道：「你們都給我去死吧。」

「請恕我拒絕，向小姐唷。」左登樓像是非常無奈地聳聳肩，「在全民健保6.0之後，最新的衛生保健法早已說明，國民有義務配合國家人口管理政策。任意出生和任意死亡，都是犯法行爲，最高可處……」

「最高可處死刑，或靈魂納管之刑。」

岑仁美接走話鋒時，不知爲何語調裡有了不著痕跡的陰冷。

然而向嵐早已聽不進去他們的話，在數位安執委的慰問之中，她頭也不回，拖著單薄行李逕自而去，留下一眾不知所措的低階安執委，以及兩位時而爭鋒相對，時而卻又好像默契十足的首席。

「學姐，眞難得妳會替我說話耶。」左登樓嘻嘻笑著說：「這就是將近九十歲的從容嗎？」

「登樓，我只是尊重國家，遵守法律而已，不需要說成這樣吧。」岑仁美眼睛瞇成了一條線，口吻裡又再度恢復到早先的淡然及溫婉，「理所當然的事情，沒有所謂討論空間。依法行政不是我們公務員該有的素養嗎？」

「該說是學姐妳變了很多嗎？」望著這樣的同事，左登樓也收起了狂妄，以莊重的語調應答道：「畢竟妳以前可是……」

「以前的事情，那就是以前。」

以這句話爲界，左登樓再怎麼不識趣也明白，兩人之間能夠進行的和平對話，也就到此爲止了。

岑仁美負責的安樂席候選人已經失格，兩位首席需要分工合作，共同主理「安寧假期」種種事務。於是她踩著黑色高跟鞋坐上豪華加長型電動禮車，中止了對話。

「也對，她現在已經是最出色的安執委了。」左登樓歪斜了嘴角自言自語道：「那麼，接下來，就讓我繼續爲這個國家盡忠吧……」

另一方面，頂著天翻地覆的噁心感，向嵐拖著行李箱，走在對她而言並不算懷念的街道上。

「燒魂」科技在接近四十年前被實用化之後，劃時代的能源供應方式，讓合帶國產業發展變得異常快速。也因此，國家再也不需要參與當前席捲整個世界的「第三次能源大戰」，海島國家「合帶」猶如遺世的花，在廢土與火燄之上卓然獨立。

街道一塵不染，遍布城市所有角落的掃地機器人，與政府開發並投入使用多年的智慧管家「中控」一同協作，將城市轉變爲一個不需人力整頓，也始終保持乾淨漂亮的自動化生活圈。

儘管人車眾多，充滿生機，但在向嵐眼中，這裡與其說是城市，體感來講卻更像是一具大機器。放眼所及之處，無一不是過分乾淨，就像尚未有人進駐的樣品屋一樣，沒有生活感，更沒有人味。

無人駕駛的共享電動汽車揮之即來，枯坐在六人座的寬敞車室裡，身旁忽然沒了另一個女人的動靜，令向嵐如坐針氈。

與利小萌的分別，竟然讓她如此焦慮，想來也是不可思議。

才短短一個多月的時間而已，沒什麼的，很快生活又會變得像從前一樣——向嵐這樣說服自己。但手上的顫抖沒停過，眉間的皺摺始終不得舒展。最重要的是，利小萌的演奏聲，簡直還像在附近。

已經成爲一種依賴了。那電吉他彈奏時，空氣會震動，房間、牆壁會跟著迴盪起旋律的轟鳴，足以讓皮膚感受到刺麻感的搖滾音樂，與「中控」AI自行創作，自動判斷使用者當下情境，進行選曲、播送的旋律全然不同。利小萌的演奏，是用全心、全力在表達自我，不爲他者理解的音符，帶著對內在的詰問迸發而出，那雙歷經滄桑的「吉他手」演奏的何止是音樂，更是她自身靈魂的顏色。

相較之下，在無人駕駛車裡，AI所演奏的樂曲，就像是爛咖啡豆被磨成廢土，再沖成「泥巴水」一樣令向嵐感到厭煩。

「關掉他媽的音樂，中控。」

「好的，要求已完成。」

號稱健康與舒適管理AI，實際上卻直接掌控整座城市的「中控」，對於向嵐的口出惡言，並沒有加以責備。而向嵐也明白，對髒話做出反應，以及應對人類的情緒，一向也是「中控」的主要功能。

但淪落到只能向AI發脾氣的自己，還是令她覺得咬牙切齒。

要是利小萌這個「老師」在的話，會不會對她的幼稚行爲好好說教一番呢？

「我眞沒用……」她喃喃說道，將素淨的臉龐，埋在細長手指之間，任由冰涼手掌，蓋住自己酸澀的雙眼。

淚水無聲，從指縫之間依稀滲出，而啜泣幽微，即便是中控也不足以察覺。

無人車一路開出都會中心，進入專門用以居住而重新開發的嶄新重劃區。大小適當的四方形街廓整整齊齊，高度一致的聳立華廈鋪天蓋地，將灰慘的天空遮得更加不見天日。緻密的機械運作聲不絕於耳，自動化舒適管理工作不分晝夜進行，不知勞累的機械與人工智慧，將肉體凡軀的向嵐送進專屬社區，隨後無機播放著「感謝搭乘，祝愉快順心」之類的問候。

向嵐鑽出自動開啓的車門，黯淡眼神當中，映照出從前總是獨自一人生活的社區地下室大門。

這裡格調高級且科技先進，設備完善、運輸機制完整，便利程度和安樂席受選者居住的「安寧假期」只差在有沒有身爲觀察官的「安執委」而已。除了固定會去市區鬼混的人以外，絕大多數居民都在完善的生活機能供應鏈裡，養成足不出戶的樣態，全盤接受「中控」與「全民健保6.0」管理的藺居人生。

這裡與其說是「住宅」，更像是監獄。因此十之八九時間，共享電動汽車所停靠的「碼頭」，安靜且孤寂的地下室裡，經常渺無人煙。

然而從向嵐下車開始，就感受得到與從前不同的氛圍。

腳步聲從四面八方傳來，隨之而來的，則是十多名男女向她走近。共享運具普及以來，地下室實際上並沒有設計多少停車空間，同時有這麼多人在，就算是整齊清潔的「大機器」裡頭，也顯得過分擁擠。

「你們有事嗎？」帶著格外不耐煩的口吻，向嵐的提問在不算寬敞的空間裡撞出回音，「這裡不是給路人閒晃的地方吧？」

來者並沒有馬上搭話，只是靜靜將她包圍起來。

「我不記得有做過什麼讓人記恨的事。」向嵐升高了音調，拖著行李走向其中一人說道：「但這麼明顯的針對，我也不會置之不理。這是個禁止任意出生死亡的狗屎國家，你們都知道健康資訊波動過大的話，會引來什麼麻煩吧？」

「別這麼緊張，向小姐。」

如同在砂紙上摩擦木頭一般的粗糙嗓音從後方傳來，向嵐回頭，與一雙灰白色的瞳孔對上了眼神。

那男人有著歷經滄桑的面孔，傷疤從嘴角一路綿延到耳際，眉毛因爲刀傷禿了一小截，不能完整張開的右眼使他整個面孔看起來分外不平衡。寬闊的肩上披著長大衣，老舊的休閒褲管已經有些殘破，而一頭灰色自然捲髮隨意綁在後腦勺，變成一叢蓬鬆的大尾巴，看上去有些滑稽。

而在這個「魂造義體」普及的時代，臉變成這樣卻還沒有打算透過移植手術進行醫治，要不是太窮，就是有隱情。

仔細一看，包含出聲說話的男人在內，周圍十幾人也在臉上、身上多多少少有些傷口或痕跡，向嵐像是立刻意會過來，嘆了口氣說道：「你們知道我的名字，又選在這個時間點，目的不會是爲了錢吧。身上破破爛爛，身體也破破爛爛，難道你們是『原命主義者』？」

「向小姐說的是反對義體移植，主張壽命應該自然終結的團體。」灰髮男子就連笑聲都顯得沙啞，「沒猜中，但在生命主張上也有相似之處。您果然觀察入微、腦筋動得又快，眞不愧是在業界非常有名的獨立接案工程師呢。」

「無聊又無謂的稱讚，但在這個資訊被嚴密監視，到處都有『中控』代管的時代裡，能把別人底細查得這麼清楚，沒有一點門路是做不來的。」向嵐嘖了一聲，放下行李箱，雙手盤胸惡狠狠地盯著來者看，「就算不用多猜，各位背後一定有足夠規模的團體撐腰。所以說，你們和『反燒魂黨』有關。」

周遭男女開始鼓譟起來，並不寬敞的地下室一時間變得鬧哄哄的。而那名灰髮男子則先是一怔，隨後又呵呵笑了起來。

「幹你媽的，笑個屁喔。」向嵐扭了扭脖子，發出骨節活動的喀喀聲，「如果你們是反燒魂黨人，那麼應該能夠理解，從『安寧假期』離開的我，已經和安樂席沒有關係了吧。請問找我有什麼事？」

「思緒靈活，又富有攻擊性，不缺高科技人才的細膩，又有能和客戶頻繁交流、妥善完成委託的執行力。」灰髮男子停止了笑聲，取而代之的，是較之方才更低沉且沙啞的聲音，「面對來意不明的陌生人，也沒有亂了自己的步調。看來我的判斷沒有錯，妳的協助，對我們來說是有必要的。」

「什麼協助？對我又有什麼好處？」

灰髮男子將他傷痕累累的左手摁在胸口，瞇起眼睛，微微一鞠躬，「說是協助都太謙虛了，您正是我們行動起來的關鍵，向小姐。」

「幹，少說廢話，講重點。」

「我叫項紀風，是『反燒魂運動』其中一個團體的領導者。」

這名字對向嵐來說並不算陌生。

作爲一名接案工程師，她接民間的資訊需求案，也接政黨爲選舉或執政、在野等各種活動的輿論操作案。世界情勢、經濟走向、執政與在野的矛盾，甚至各種民間運動團體的動向，她也了然於胸。當然，恪守行規的向嵐也簽署過保密協定，在「中控」的見證之下，無論口頭還是書面，契約從成立到執行，是否能保守祕密，全都無所遁形。

正因如此，儘管沒有實際見過本人，但「項紀風」這個名字，向嵐卻十分清楚來歷。他是民間最大反燒魂團體「抽薪者」的領袖。

這名字可是政府的眼中釘，這麼大剌剌地說出自己的名字，在「中控」的眼皮底下，怎麼可能沒有問題？

然而她低頭一看，手腕裡，植入式晶片竟顯示著網路不穩定的紅色閃爍燈號。都說是民間最大的反燒魂團體，「抽薪者」或許眞的不簡單。

「如果你說的是眞的，那麼我可以理解成——爲了摧毀『安樂席』這個制度，你需要我這個前安樂席候選人提供專業？」

「老實說，安樂席的內情，恐怕我比妳知道的更清楚。」項紀風微笑著說道：「就算是在政府內部，也沒有多少人知道安樂席制度的眞面目。大部分國人都覺得我們是邪惡的，認爲我們想要剝奪所謂『奉獻英雄』的舞台，但事實眞是如此嗎？我個人希望，能邀請妳這位有能力顚覆一切的『安樂席落選人』一起來見證。」

「你沒有說到重點，我不特別想知道安樂席的內情，理論上它現在也與我沒有關係了才對。」向嵐嘖了一聲，彎身拿起行李箱，就要往電梯走去。

「我們可以挽救利小姐，免於虛僞的奉獻。」

於是向嵐停下了腳步。

「你說虛僞？」口吻當中的不確定，源自於情報掌握的不充分，「你的意思是說，利小萌她不該死？」

項紀風並沒有答腔，只是默默地指了指向嵐的手。她低頭一看，網路訊號恢復穩定的綠色燈號正在皮下閃爍著光芒，看來他們之間的對話已經走到盡頭。

「這忙我幫了。」向嵐的瞳孔裡卻有了前所未有的堅定，「我們保持聯繫吧。」

「不用，既然是這樣，那現在要請妳馬上死一次了。」項紀風冷冷地回答道。

「幹！啥小喔？你沒搞錯吧？全民健保6.0上線以後，所有人都要對他人的生死負責……出生和死亡沒經過申請，都會牽連附近的人喔。」向嵐瞪大了眼睛，環伺四周十多名男女，他們在項紀風的號令之下一步步進逼而來，一時間竟然沒人有半分猶豫。

狀況從混亂到變得難以理解，即使聰明如向嵐，也沒能意識到接下來即將發生的一切。

十多位男女合力制服了她，在徒勞的反抗裡，她腦海中響起的是高中時代，那個幽暗且偏僻的角落。

又要再次發生了嗎？被毫無道理的惡意所侵犯，被不明就理的暴力所戕害？然而她咬牙望向眼前的項紀風，眼中卻少了從前的恐懼。

向嵐無畏地望向眼前的男人，無言的質問讓來者不禁挑了挑眉毛。

「向小姐，您似乎比我所知道的更勇敢。」灰髮男人笑著取出銳利砍刀，往她一步步走近，「雖然很抱歉，但只是有這個必要，而妳也曾如此期待過，就是這樣而已。」

「死一次就能救得了小萌嗎？」向嵐揚起一邊的嘴角，「非常划算，動手吧。」

利小萌獨自在房裡枯坐。

早晨時分，她將房門上鎖，聽向嵐收拾東西、短暫告別，隨後開門離去。由嘈雜到靜謐，過程不過短短三十分鐘而已，但直到她聽見道別的話語之前，卻似乎等了有一輩子那麼久。

我走了——那是她最後留下的辭別。

因爲沒有未來，所以兩人之間並不需要再見。因爲沒有過去，所以兩人之間也不存在回憶。

然而，眞的沒有回憶嗎？短短一個月時間的相處並不算長，但利小萌心中卻狂潮不止。潮起潮落之間，那道瘦高的背影溫熱、發光，彷彿依舊還在附近。

向嵐每次爲她換下的繃帶，全都不在垃圾桶裡。它們曾沾染鮮血與藥液，被換下以後，卻是整整齊齊，被利小萌疊放在房間一角。床頭邊、木櫃上，已經乾涸的繃帶沒有絲毫血腥味，它靜靜在那裡，就如同向嵐還在床邊，一邊碎念。

想到這裡，利小萌不禁低垂了肩膀。

比入住「安寧假期」之前略長的瀏海，在視野裡，將兩人曾一起安睡的床鋪切分成無數碎片。那滿身刺青、口無遮攔的女人，在被窩裡牽過她滿是傷痕的手，體溫熱得發燙。

那雙手從今天清晨開始就不在了。

分明「中控」提供了極爲舒適的室溫，利小萌卻冷得直發抖。這一間「安寧假期」別墅原本就這麼寬敞嗎？她心底甚至有些不確定，自己究竟什麼時候開始被這種情緒籠罩？名爲「寂寞」的巨獸，是何時入侵，又何時緊緊咬住咽喉呢？

「叩叩叩。」

有熟悉的聲音劃破了難熬的靜謐。不可能傳來的方向，不可能發出的聲響。那聲音，這陣子已經聽得太過習慣——

廚房裡，有人正在使用菜刀，那是在砧板上處理食材的聲音。

幾乎是從床鋪上飛身而起，利小萌踉蹌著往房門跑去，扭開門把，如同缺氧的魚破開水膜一般，掙扎著奪門而出。

映入眼簾的，卻是一位背影寬闊的油頭男子。

「利小姐，我知道您是穿戴整齊的。」那男人有著厚實且低沉的口音，對利小萌而言並不陌生，「所以我才進房裡來。請原諒我擅入，但您知道，我們安執委可以隨意出入這間『安寧假期』的。」

並不是之前聽過的那種，如同唱歌般千迴百轉的語調，但那身影即便不回頭，利小萌也認得出來。這位正是當時在加長型電動禮車裡，與她有過臉緣的安樂席首席執行官左登樓。

「我知道。」她的回應平淡如水，畢竟利小萌心底一直知道安執委始終都在，也明白監視鏡頭之下，安寧假期的入住人無所遁形。

她還知道，向嵐確確實實已經不在了。

這一切讓她明白，安執委的進駐理所當然，而她成爲「安樂席」正選的事實也同樣無庸置疑。

左登樓並不回頭，他熟練地運用被向嵐磨得鋒利稱手的菜刀，爲剛剛煎好的鮮嫩雞腿肉切片。那雙經過強化的義手不畏懼滾燙的料理，將煎得恰到好處的雞腿肉按得嚴嚴實實，每一回下刀，多汁的雞油便流淌在砧板上。細心烹飪的雞肉被盛裝到裝飾生菜葉的純白瓷盤中，而一旁的小番茄顏色豔紅，在如今顯得黯淡的安寧假期廚房裡，誇耀著如今顯得有些浮誇的成熟與甜美。軟嫩炒蛋在左登樓單手托起的盤中彈跳，馥郁香氣本該讓尚未進食的利小萌垂涎，如今卻揪緊了上腹部，引來一陣失落的絞痛。

「也許做得不會有向小姐那麼好，但我對自己的廚藝也是有點信心。」左登樓所做的「早餐」只是簡簡單單一份，微焦雞皮在梅納反應的催化下散發著好聞的香氣，「您請用吧，不要弄壞了身體。」

「謝謝您，我不餓。」

利小萌無力地坐倒在茶几沙發椅上，左登樓則是將食物由餐桌小心移往茶几，輕輕拍了拍她那窄小的肩膀，自己在沙發另一頭坐了下來。

全熱交換器運作的聲音依舊不曾有過停歇，那些被健康與舒適管理AI控制的儀器，恆久地將環境變得適合人居，即便安執委沒有經常現身，安寧假期裡的生活也沒有絲毫不便。

她低頭望著盤中散發熱氣的雞腿排與炒蛋，確實成色亮麗且汁水淋漓，但比起向嵐所做，似乎遠遠少了些什麼東西。利小萌覺得自己說不上來是爲什麼，但那個嘴巴很壞，外表精悍的女人，似乎僅僅以短短三個字的辭別，就帶走了她靈魂裡的一部份。

那女人練就一身結實的筋骨，卻有一雙能做出美味料理的柔嫩雙手。那布滿刺青的身軀裡，包藏著一顆容易受傷的心。她對利小萌這個在社會上佔不到正職缺的「代課老師」，給予了超越正式老師的尊重。她嘴上不老實，卻總是把心思投注在料理、包紮、粗野的問候及同床共眠的細語。

利小萌富含情感的那一部份，就像是向嵐身上的刺青一樣，跟著她離開了「安寧假期」，因此，她感覺不到自己的飢餓。

「平均年齡一百二十歲。」

左登樓的聲音打斷了她對向嵐的想念，像是凌空一刀，劈開了包圍利小萌的那一層靜謐。

「您說什麼呢？」

「利小姐您知道的，這是我們合帶國人現在的平均年齡。」左登樓雙手支在下巴，鄭重的態度前所未見，「就算是我本人，如今也七十好幾了，要說的話，大概是在『第二次能源戰爭』末期出生的世代。」

第一次能源戰爭發生在距今一百年前，全世界打了三十年的仗，造成當時的強權解體，世界也從兩百三十三個國家分裂成數千個國家。第二次能源戰爭開始於距今約六十年前，和平只維持了短短十年，地熱能源之戰旋即開打，這一打又打了三十年，世界被統整成東、西、中三大聯盟。

「第三次能源戰爭是人力資源之戰。」利小萌在腦內梳理過自己在學期間學到的東西，「由於地熱能源佔據主流，但絕大多數國家都因爲長年戰爭失去了科技基礎……礦工以肉身開採能源，成爲各國最主要的能源維持方式。全世界都需要更加新鮮的人力，來維繫住好不容易開始復甦的『文明』。」

「沒錯，正是現在依然在打的戰爭，三大聯盟沒人能置身事外，除了我們合帶。」

左登樓神情嚴肅地點了點頭，伸出他的義手，艱難地揉了揉眉心。

「近四十年前，合帶國祕密研究的『燒魂科技』終於實用化。當其他國家讓礦工作爲『國家的英雄』，以身體的健康、個人的生命爲代價，採用極爲沒有效率的方式，人工開採地熱、殘存的煤或其他可燃礦物時，我們合帶國已經知道如何將人類靈魂製作成『魂磚』。」

這是利小萌早就知道的近代歷史，爲了考上教師資格，代替父親背負家庭債務，她比任何同齡人都用功得多，這些知識，自然了然於胸。但她感覺左登樓似乎和往常相比有些不同，因此雖然他說的都是些已經知道的事，利小萌還是沒有插話。

「奉獻英雄的靈魂，會被做成魂磚。不但可以直接萃取爲驚人的能量，還能藉由『中央魂研究院』機密製程，轉化爲劃時代的嶄新材料『再生魂基纖維』，做成如今讓大家延命、長壽的各種『魂造義體』和『再生臟器』，是更有效率地讓『英雄』最大化的作爲。我認爲，我國這樣的舉措，是充分尊重奉獻者的大愛，和當今世界虐待礦工、掠奪人力的野蠻相比，是非常文明的作法。」

「但這也讓合帶國成爲一個平均壽命一百二十歲的超高齡國家。」利小萌無奈地搖了搖頭，「我有時候也會想，這樣『正常』嗎？」

過度悠長的生命，對個人而言，到底有什麼意義？

藉由魂科技與醫療技術的發展，超高齡人口再度回流職場已開始造成許多現象。屆齡退休年齡不斷展延、年輕一輩找不到追得上物價的正職工作，社會資源掌握在活得更久，也耕耘更久的人手中，存活超過一世紀的第一線工作人員，和年輕族群爭奪職位。逐漸支應不上的社會福利鍊，讓這個遠離能源戰爭的國家變得變得越來越愚鈍，社會結構更是難以撼動。

然而，左登樓卻是不慌不忙地回答道：「什麼是正常？」

博學且用功的優等生利小萌，聞言卻不禁語塞。

「是飽經戰火摧殘，人們在戰爭當中增產報國，人們草草出生、草草死去的國家算正常，還是一個平均壽命一百二十歲的國家算正常？」

左登樓的問話並不是一個簡單的選擇題，他字正腔圓，態度鄭重，和從前的戲謔有天淵之別。

哪一種算是正常？自己選擇走向死亡的利小萌，也不知道這一題該如何回答。

「原命主義者說，我們不該取奉獻英雄的靈魂來延長他人的壽命。人們應該自然出生、自然死亡。這一點，在文明消弭殆盡時，我左登樓一百二十萬個認同。」餐桌對面的油頭男子閉上眼睛，彷彿有什麼在他的黝暗視野裡閃爍，「但今天，我們有了世界各國都無法複製的燒魂科技，我們讓自願奉獻的靈魂坐上安樂席，用英雄能夠接受的死，成就整個國家的生。英雄如您，讓我們不必面對嚴酷的戰爭，而內需問題，也透過嚴密的生死控制逐漸解決。您所坐上的安樂席，其重量就是如此不可撼動。」

左登樓說完，從餐桌邊起身，九十度向年僅三十，在合帶國而言算是非常年輕的「奉獻者」致上絕高的敬意。

然而利小萌卻覺得這其中肯定有什麼理由，才讓左登樓成爲一個在家國認同上擁有絕高使命感的人。

「左首執，是什麼讓你選擇走上安樂席執行委員這條路？」

似乎是沒有想到利小萌會問這個問題，左登樓直起身子，一臉詫異地望向她。

「這麼久以來，還眞沒人問過我這個老頭子。」

「我是老師，我考的是高中以下教師的證照。我所受的訓練，以及代課老師生涯裡，可並不只有學到該怎麼教學。與我交談的學生，我有能力分辨他是不是話中有話。」

利小萌面色肅然，這神情，左登樓在「中控」傳來的監視畫面裡也曾經見過。

那正是向嵐哭倒在利小萌懷裡的那天，是外表剛強的女人，揭露自己傷痛的一幕。一股熱流從人工胃袋裡向上蔓延，一直到全臉整形過的皮膚表面。麻癢、刺痛、酸楚，從來沒有想過自己會在執行對象面前變得眼眶濕潤、泫然欲泣，左登樓必須得咬牙、擠眉弄眼，才能避免自己脆弱的醜態隨著監視器畫面播送出去。

這女人確實不一樣——在心底，左登樓一面拼命撿回自己被利小萌撞碎的心防，一面淡然地說道：「我的父親是軍人，他在第二次能源戰爭時殉職。」

短短一句話，卻彷彿已經說明了許多事。

左登樓抿緊了嘴唇，向他負責的安樂席受選人微微頷首，隨後一言不發地走出「安寧假期」。

白色瓷盤裡，專門為利小萌準備的早餐兀自散發著熱氣。她吁了一口氣，拿起叉子，舀起炒蛋往嘴裡送去。汁水豐富、蛋體軟嫩，在口腔裡蔓延著美味，她卻又一次深深嘆息。

「很好吃。」向著虛懸的空座位，她淡淡地說。

離開安寧假期之後，左登樓坐上安執委專屬的電動加長禮車，任由這個安靜的文明器械將他帶回工作地點。

帶著利小萌前來「安寧假期」時，他神情專注，精神上十分亢奮。當時在同一台車上，還曾經因爲過度注視他的當事人而引發過一段對話。

是有關於「奉獻英雄」的對話。與在安寧假期時不同，他曾經以高亢如歌劇一般的口吻，謳歌過利小萌的決心。

但現在，他卻無法這麼做。

「很少看到你這樣子呢，登樓。」

會是因爲利小萌不久之前曾經探詢過他的深層內心，意料之外的揭露讓他心浮氣躁嗎？又或者是因爲，現在坐在他對面的女人是與他一向並不融洽的同事岑仁美？

無論原因是哪一邊，他都確確實實無法保持過往的從容。

「岑學姐比我年長，我相信妳不可能看不出來。」左登樓鼻子裡哼地一聲，「雖然我是年過七十的老頭子，自認爲看過許多人風大浪……妳也是超過八十歲的老妖婆了，那雙義眼肯定看得很清楚。是的，我是有點無法平復。」

「呵，看起來我們的當事人都很特別。利小萌能把你的不正常看在眼裡，那雙『肉眼』確實難得。」

岑仁美在車廂正對面座位翹著二郎腿，她一面說，一面將穿了細高跟鞋的美麗義腿換了邊，短暫流瀉春色的黑色短裙並不特別吸引左登樓的目光。

「過八十歲的老太婆，不必再賣弄風騷了吧。換了一身義體，我們都沒有兩樣。換句話說，妳也不太正常了吧。」左登樓吁了一口氣，淡然說道：「妳……經歷過那些事，在安執委的工作上卻做得比我還順手，說實話，沒有做到這個地步的話，我還不能相信妳。」

「我已經和『那時候』不同了。」岑仁美推了推她的眼鏡，「現在的我，不但是稱職的公務員，也跟你一樣爬到最高職階，是安樂席執行委員會並列最高的首席。無論是守法作風，還是對體制的接受與理解，自問沒有地方可以被人閒話。」

「對，甚至妳也用了義體。分明妳曾經——」

「曾經，我是身受其害的，沒錯。」

左登樓的話還沒說完，岑仁美已經接走了話鋒。

「而這就是爲什麼，我會說我們的當事人都很特別。」岑仁美極爲難得地在臉上露出了微笑，「畢竟就連你，登樓，連你都變成這樣了，說明無論向嵐，還是利小萌，與從前我們服務過的所有安樂席受選者都不同。」

「妳到底想說什麼？」左登樓也是難得一見地流露出明顯的畏縮。

「我想說的是，你竟然會探討我使用義體，讓身體和二十多歲一樣年輕美麗這件事，究竟算不算『正常』，說明我們今年帶來的兩位當事人都確確實實地與眾不同。」

「有什麼不同？她們都是被時代打敗的人。」左登樓抬起頭來，直視著眼前的「學姐」，雙手在自己大腿上奮力一拍，「年滿三十以後，可以自己申請安樂席，獲得最受全國矚目的安樂死機會。妳說她們和從前的受選人不同？到底哪裡不同了！」

「她們影響了彼此，讓生命的意義與樣貌被詮釋，讓彼此都變得與從前不同。」岑仁美的笑容更開了，「而且啊，登樓，還讓你這個奉獻偏執狂變得沉不住氣。你不覺得，今年的安樂席受選人，才眞正當得起『英雄』這兩個字嗎？」

「我沉不住氣？爲什麼？」左登樓甚至有些氣惱。

在他腦海的深處，有什麼東西在蠢蠢欲動。然而，他卻無法明確得知自己的深層內裡，究竟藏了怎樣的暗瘡。利小萌究竟看出了什麼？她爲什麼做出了突如其來的徵詢？

因爲父親在第二次能源戰爭當中戰死，因此他才走上安樂席執行委員這條路。爲了讓國家走上無須面對戰爭的「正途」，左登樓覺得自己可以獻上一切。

「我甚至還記得我父親是怎麼死的。」左登樓喃喃地說。

「喔？」岑仁美拉高了語調，「令尊……在合帶國奮戰過了嗎？」

「父親是被刺刀殺死的，白刃戰。」左登樓艱難地抿起了嘴唇，「妳知道，在能源短缺的這個世代，碩果僅存的彈藥也珍貴得很，在衝鋒當中……我們……我曾經在那個戰場上……」

如同雷擊一樣的電麻感讓他感到劇烈疼痛，令他一時語塞。緊緊皺起眉頭的神情，看得岑仁美目不轉睛。

「登樓，我知道你在安執委的職位上出生入死過，但我可不知道你上過戰場，也沒有興趣知道。」

話聲落盡，以此刻爲始，彷彿兩人之間又再度被靜謐所包圍。沉默的氣泡讓這個過於寬敞的車室空間變得森冷寒涼，似乎就連健康與舒適管理AI，也無法調整人與人之間針鋒相對的冷漠。

「喔喔——眞不愧是——尊敬的學姐呀。」

如同唱歌劇一般的語調再度響徹，在岑仁美面前，那個囂張、狂放，自信過剩且乖戾的左登樓忽然又回來了。

「學姐說得是，她們都是不可多得的『奉獻英雄』啊！燒魂專法當中竟然明文規定每年只能有一位受選人，這是多——麼可惜，多——麼浪費她們『高貴的情操』啊！」

特別在關鍵詞上加重語調的說話方式，再一次讓岑仁美臉上的笑容無影無蹤。

「哼，隨便你怎麼說吧。回到工作的狀態是很好，但你實在太吵了。閉嘴吧，登樓。」

於是又一次，冷淡且高雅的美人，及梳著整齊油頭，高唱詩歌的乖戾男士，在並不和睦的電動禮車裡，一路往他們的工作地點「中央魂研院」而去。

一如往常，卻又好像再也無法回到從前的模樣。

千頭萬緒之際，岑仁美的手機響了起來。她看著螢幕上的來電名稱，微微皺起了眉頭。

「您好，我是岑仁美……嗯，現在方便說話。等等，怎麼會？」

見她接起電話之後臉色大變，左登樓也閉起了嘴，靜靜聆聽她與來電者之間的問答。爾後這位高雅女子放下了手機，緊咬下唇的焦慮模樣令他疑心大起。

「怎麼了，學姐？」

「我的當事人死了。」岑仁美顫抖著說道：「向小姐死了，就在剛才……」

第五章 幽深地底的友人

對向嵐而言，從深邃黑暗中醒轉過來，只是一眨眼的事。

記憶中最後的光景，是項紀風揮刀向她砍來的瞬間。其實她並不在乎自己身上又多一道傷口，但血液噴出、體溫逐漸流逝的感覺確實並不好受。

「妳醒了。」

她睜開眼睛，卻不覺得刺眼。昏黃燈光照亮了老舊水泥建物的斑駁牆面，雖說是照度稍嫌不足，在體感上卻令人感到溫暖。舒適管理AI掌控一切的時代裡，這種缺乏照顧的破爛建物，已經算是上個世代的文物。

事到如今，這種建物的存在絕對稱得上稀奇，而裡面竟然還有人在，則是更令人感到不可思議。

向嵐吃力地轉頭張望，一位陌生女性正面帶微笑看顧著她。那女人頂著夾雜灰白髮絲的包頭，身形健朗，即使面露疲倦，仍舊態度親切。無論穿著或態度，都滿滿透露著關於人生的歷練。寬鬆的工作褲與髒汙的刷手服，和她本人一樣，看來都已經有些年紀。見她不更換義體，保持常人應有的衰老，這人若不是原命主義者，也大概屬於某些不能光明正大購買、移植義體的團體。

「這是哪？」向嵐問道，然而喉嚨的乾渴使聲音沙啞得難以聽辨，眼前的女性拿出有大片黃漬的布爲她擦拭額頭冒出的冷汗時，她才發現自己似乎渾身沒有知覺。

「這是我們的基地。」

出聲的是坐在一旁的項紀風，拿刀向自己衝過來的身影還歷歷在目，但向嵐卻無法在生理上表現出恐懼。

畢竟感覺不到胃，既無法感到絞痛，也無法嘔吐。

「別緊張，只是藥效還沒退，妳還在恢復當中。我說過，要請妳先死一次，忍耐一下，會好的。」項紀風已經卸去之前那副從容的微笑，取而代之的，是好像在哪裡曾經見過的冰冷面孔。

負責照護向嵐的女性拿出插有吸管的水壺，讓她啜飲了幾口水。味覺敏銳的她，立刻明白喝到的並非舒適系統供應的純淨水。不知某處的水源加以煮沸、消毒過，這飲用水喝起來的味道，說不定只比泥巴要好一點。

「這種生活條件，難道我們在『地下系統』裡？」

「妳能理解得這麼快眞是太好了，畢竟時間寶貴，我也懶得解釋太多。」項紀風揚起一邊嘴角，哼地一聲，「這裡是『私生人』生活的地方，也是我們『抽薪者』其中一個基地。」

「私生……抽薪者全都是沒有植入晶片的幽靈人口？」向嵐一面感受頸部以下開始慢慢恢復

知覺的異樣感，一面吃驚地說。

而面對提問，項紀風只是揚起一邊眉毛，聳了聳肩。

「與其長篇大論，不如親眼一見。」

隨著時間流逝，向嵐感覺得到自己從腳底傳來麻癢與刺痛。從身體外側向內側蔓延的輕微觸電感，說明失去的感覺正在漸漸復甦。

直到她艱難起身，抬手一看，照眼的銀色左手掌就在眼前。

「別抱怨。」項紀風冷冷說道：「最近局勢不好，能弄到第二世代的義手，已經很不錯了。」

「才不會。與神經系統結合的生物晶片，沒把整個手掌切掉，本來就清不乾淨。Gen2 也沒什麼不好，活動靈敏度和現在的 Gen3 相同，只是沒辦法再現自然膚色而已。」

「明理人，很好。」

項紀風從鐵椅上站了起來，而向嵐也在女護理士的攙扶之下，重新穩定站姿，慢慢挺直了胸膛。見她倔強的模樣似乎一如暈倒之前，項紀風歪了歪嘴，頭也不回地打開房間裡唯一一扇門。

鏽跡斑斑的門把被磨得光禿閃亮，顯然這個護理間經常有被使用——起初向嵐還有心思觀察房間各處，有意識地想把環境狀況納入掌握，但當紅、綠燈光從門縫裡竄出，喧囂聲很快便壓過她的思緒，讓她目瞪口呆。

「小心點，柵欄很老了，掉下去可不是身上切一切換一換就能救得回來的。」

他們居高臨下，俯瞰大約有十層樓高的大空洞。鋼鐵製成的走廊，圓弧狀分布在周圍牆面上。有看不出水質的瀑布，分成數十條水線，從頭頂各處宣洩而下，而大空洞中間，有個被水包圍的鋼鐵台面，就像是浮在水面上的鏽色大圓盤。

五光十色的冷光從大空洞頂部往下探照，將水瀑照成七彩斑斕的彩色光帶。那些沖積在水力發電機上的水花碎成了目不暇給、一閃而逝的星點，瀝瀝聲響不絕於耳。高速旋轉的電磁線圈，帶著電力流竄的轟鳴，與大圓盤上狂歡的人群一起吵嚷不休。

有人用上個世紀仍在流行的混音台，轉動旋鈕製造電音；有人組成了樂團，正在大圓盤中心配合混音DJ的特效一起演奏各種樂器。往圓盤角落望去，有八角形鐵籠關住了兩個人，他們奮力搏鬥、浴血奮戰，而群眾高聲喝采，要他們打得更兇狠一點、更精彩一些。

圓盤外、水坑邊，年輕男女三三兩兩。他們或坐或臥，或站或走，都在水坑旁的攤販邊流連忘返。販賣各種食物的攤位上，有香氣逼人的燒烤煙霧一股一股地向上冒，負責抽風換氣的巨大風扇看來早已油膩不堪，但向嵐敢說，應該也沒人會傻到在扇葉高速旋轉的時候，試圖靠近它，遑論是清理它了。

混亂、髒亂、迷亂。各種氣味混雜在一起，汗水、血水、油水與汗水雜陳的氣息，如同敲打著向嵐的腦門一般，向她揭發這個「眞實世界」。

「看傻了？」項紀風冷冷地說道：「這還只是地下系統的一部份，從前被人們捨棄的自動化設施，直到今天還透過舊時代的AI，在做最低限度的維護，保持有限度運作。」

「幹勒，傻屁傻，你才傻，是在哭喔。」向嵐鼻子裡哼地一聲，「這其實是上個世紀的汙水處理廠吧？這麼多人，全都是私生人？在這種爛地方群聚？垃圾場是吧？」

面對向嵐的銳利質問，項紀風並不回答，他只是望著眼前的一片混亂，默默點了點頭。

「說得沒錯，就是一群不被政府承認的垃圾。當然，也有一些人並不是所謂『私生人』就是。逃犯、遊民、無路可退的人們最後的歸處。垃圾場？非常合適的形容。」

項紀風說的話可一點也不像是在自嘲，向嵐從語氣當中可以聽得出來，一字一句都是認眞的。然而眼前的光景又該如何解釋呢？水邊的「市集」裡，男男女女手牽手，享受著底層生活，彷彿大圓盤上的混亂只是生命裡不可或缺的必要光景。他們擁抱、散步、笑談、接吻，在這個缺少舒適管理AI，顯得髒亂且毫無秩序的地方露出幸福的笑容。

比起地面上的人，這些私生人看起來更像是「活著」。

僅僅只是少了網路，脫離「中控」AI網路的人們，竟然就能獲得如此純粹的愉悅？回想起那個冰冷的都會——有的人流連在社群網路裡義憤塡膺，有的人迷失在現實生活裡撲朔迷離；有些人吃藥吃得忘乎所以，有些人不吃藥也不努力，慨歎著快樂與幸福不知在哪裡。

向嵐不禁深深嘆了口氣。

「那麼，『抽薪者』的首領先生。」向嵐抿了抿嘴，又揉了揉眉間，「你讓我來到這裡，並不是想讓我知道各位過得很愜意吧？」

「當然，就像我剛才說的，其實現在時局並不算好。」項紀風一甩他的捲髮，以沙啞的聲音說道：「我要帶妳見一個人。」

「只爲了見那麼個人，就有必要砍掉我的手嗎？」

向嵐的提問一向銳利且切中要領，面對她犀利的眼神與口吻，項紀風只是皺了皺他那因爲各種傷痕而顯得陰陽怪氣的臉龐，向她望了一眼，隨後又是一甩衣袖，逕自往某個方向走去。

「先跟你說，我很喜歡左手背上的那幅刺青。」向嵐則是表情嚴肅地跟上腳步，「要是那人我見了覺得沒有意義，我就他媽宰了你。」

聽了向嵐的狠話，項紀風卻是絲毫不爲所動。

在地面上能以輕鬆態度對話的那個「項紀風」簡直像是不同人，在地下系統領著前路的灰髮男人，比在地面上的時候顯得更爲滄桑，無論沙啞的聲音還是受了傷的右眼，都讓人更加明白「抽薪者」的領袖確實正走在前方。

陳舊的風衣，款式就如同還在上個世紀，那一堵時代感嚴重錯置的背影，在燒魂專法以及全民健保6.0上路之後的合帶國，如此不合時宜，卻又威風凜凜。

向嵐一路跟在他後頭走，只見私生人們對項紀風並不如想像中那樣畢恭畢敬，他們與這位沉默領袖彷彿志同道合的兄弟，總有人與他交身而過時擊掌或碰拳，一切如同呼吸一般自然地發生。

向嵐在高中時代十分靦腆，就讀的女校裡盡是些可愛的女生。像是這樣的伙伴互動，對試圖培養陽剛氣息的她而言卻是十分陌生。她不會明白出生入死的兄弟之間是什麼情境，畢竟從她整顆心變得千瘡百孔、離家獨自生活以後，就不曾眞正意義上擁有過朋友。

或許她曾經有過，但那些如同嬌豔繁花將她簇擁的同學、學妹們，在最深沉的惡意降臨之前、之中、之後，都沒人眞正現身袒護過。

自始至終，只有向嵐那對過於優秀的父母，曾經爲她挺身對抗。

在貴族女校裡，畢業前夕，最愛的獨生女被這麼對待，使她的父母完全失去信仰與分寸。他們傾家蕩產，就爲了讓那些受「少年事件處理法」保護的十八歲以下男女付出代價。然而面對體制及對方家族的壓迫，最終的結果不止讓曾經身爲菁英的兩人失去一切，甚至也失去能繼續庇護向嵐的家。

自認不潔的向嵐，早已破碎不堪的心裡當然無法置身事外。爲了逃離這一切，她獨自一人離家生活。在那之後，她最後一次見到父母，已經是他們相偕自殺之後，安靜得如同沉睡一般的遺體。

不能相信是自己一手將女兒推進深淵裡，不能承受從前所信賴的體制會背叛自己。濃厚、滯重的憂鬱，將菁英父母的意志消磨殆盡。世上留下了獨立且故作堅強的孤單女兒，並少了一對曾經深愛兒女的眞心男女。

而那些讓向嵐失去一切的未成年男女，未來數年之後，就連案底都不會留下。甚至到了最後，加害者還在爭奪職位的場域上與她相遇。

這正是向嵐驅策自己雙腿，走向安樂席的最深層理由。

「這個世界並不公平。」項紀風領在前頭，以如同生鏽鐵片摩擦一般的聲音說著：「有些人天生有著比較受歡迎的容貌，有的人工作能力比較突出；有人在數理觀念上高人一等，有人體格與反射神經比別人更強大。」

「廢話，每個人都不一樣，這還用你說嗎？」向嵐擺了擺手，「更令人不爽的並不是這些先天條件吧，畢竟現在都可以用義體和人工內臟取代表現不佳的部分，所謂『天生』條件，早就不比錢還重要了。」

「對，越是在和平的世界裡，越是在文明昌盛的地方，與『先天條件』無關，天秤越是歪斜。」項紀風一面走一面說：「是的，只要有很多很多的錢，躲在文明和禮教的框架背後……惡人就無罪。」

資本壓過了人性的平衡——這也是爲什麼向嵐願意以自身聰明才智，將自己打造成非常有錢的資產階級。畢竟在承平之處，有資本的人就有力量，這一點她了然於胸。

貴族女子學校的學生，她們所找來的男性幫手自然也來自有頭有臉的家族。向嵐的父母雖然優秀，卻並不是合帶國的政治世家，也就是體制裡的「世襲貴族」，這也是爲什麼傷害她的人們活著，而她的父母卻死了。

兩造擁有的資本並不對等——就是這樣而已。

他們依舊走著，這時向嵐才忽然發現，附近人煙逐漸稀少，他們離開大空洞已經有一段距離。幽暗的地下系統四通八達，項紀風帶領她走過的區域，但憑自己一人，恐怕都走不回去。

但直到項紀風停在某扇門前爲止，她卻十分神奇地並不覺得這個男人會對她有所隱瞞。

他很像某個人，現在想不起來的某個人。他的滄桑背影似乎有些理由，讓向嵐不至於懷疑這位灰髮男子的目的。

於是她安靜地看項紀風打開又一扇厚重鐵門，任由幽暗房間裡的呻吟聲流瀉而出、鑽進她的耳裡。

數名男女被矇上了眼睛，穿著單薄的內衣，反綁在粗糙木椅上。

地下系統雖然還有上個世紀的老舊AI在進行管理，但針對溫度控管、生物訊號的偵測等，並不像現在的「中控」那麼全面。在此同時，也由於地下系統的AI最主要做的是設施管理，僅僅爲了汙水處理廠而運作，想當然爾，被反綁的這些人在不見天日的鋼鐵牢獄裡，冷得直打哆嗦。

也不知道他們到底在這裡待了多長時間，在場的人們即便嘴巴沒有被摀住，也發不出什麼宏亮的咒罵聲。仔細一聽，那些共鳴不已的嗚咽都是些求饒的話語。拜託放我走、我知道錯了、求你別殺我……這樣的呢喃不斷迴響著，搭配一地屎尿，向嵐敢說，他們被反綁期間，恐怕都處在不吃不喝且不能如廁的極限狀態。

房裡並沒有負責監視的人，自然也不會有人負責清潔。臭氣熏天的房裡關著一群看不清長相的人，項紀風到底想要自己見誰？向嵐一時之間也想不出答案。

「這些人都因爲各種理由，被我們抓來這裡『自然死』。」項紀風那如同乾柴一般的嗓音迴盪著，「只要讓他們待在現代網路收訊不良的地方活活餓死，這些人基本上就不會被判定成他殺。過度依賴智慧管理，也有它愚蠢之處。」

「幹，有必要做到這個地步嗎？」向嵐皺著眉頭，捏著鼻子問道：「他們都做了什麼？」

項紀風卻並不回答，他甩開身上的破舊長大衣，走到其中一位女性身邊問道：「妳說說，妳做了什麼？」

「我……偷生孩子……賣給國外。」

這是將合帶國民出口給其他國家做地熱礦工？向嵐雖然在新聞上讀過，卻沒想過眼前就有個這樣的女人。

項紀風又走向另一個男人身邊，在他耳邊輕聲詢問：「你犯了什麼罪？」

「請你放過我——」

那人大聲慘叫起來，得到的卻只是項紀風一記響亮的巴掌。

「回答問題。」

「我學生時代殺過人……害死了我的父母！」

「沒錯，依照少年事件處理法，雖然依法非經申請的生或死都是重罪，但未成年犯會先交付保護管束。就算受有期徒刑宣告，他的犯罪紀錄也會在五年內被塗銷。」項紀風冷笑著說道：「這麼說來，你現在是『無罪之人』呢。」

「那樣的話，我也是無罪啊——！」

聽見項紀風說的話，不遠處另外一名男性忽然高聲喊著。

「擅自說話？」項紀風走上前去，不疾不徐地，又是一記巴掌，「有准你說話嗎？找打？」

「不！不不不……」那人挨了一下，嘴角滲出鮮血來，卻流露出一嘴的笑意，「看來你應該也是在這裡呼風喚雨的大人物吧？你說話的份量夠嗎？我告訴你，我女友的爸媽也是當今政要，我們家很有錢……」

不知道爲什麼，眼前這個身板精實，與自己年紀相仿的男人說話時，向嵐感到自己腹部深處傳來令人不快的緊縮。

「只要放了我，我可以說服我爸媽，甚至是我論及婚嫁的女友……不、不但不會追究你們的責任，甚至還可以給你們一些方便！」

「喔？怎樣的方便？」項紀風挑了挑眉毛，刻意抬高了音量問道。

「像是資金！像是僞造的身份……你可能不知道吧？我以前應女友的要求，帶一群人輪過一個機掰女，那時候我也只有被送觀護而已喔！不管我爸媽，還是我女友那邊，都是有頭有臉的有力人士！」

「這樣子啊。」

項紀風呵呵地笑了起來，那年輕人也跟著傻笑，彷彿兩人之間的共識已經在不知不覺間締結。只要有錢，都能使鬼推磨。就算無法買通正直的執法者，也能透過檯面下的運作達到一定程度的疏通。這種社會運作，長久浸淫在網路世界裡，做著接案生意的向嵐當然不會搞不清楚。

爲什麼要讓她見證這些從前無法親眼一見的黑暗？爲何要就近讓她直視體制內的邪惡？望著眉開眼笑的項紀風，那張笑容裡看不出更深一層心思。他到底在盤算什麼，又想讓她見證什麼？眼前這個荒唐的男子又爲何讓她感到反胃？

電光石火之間，項紀風驅前一掀，將那男人的眼罩掀了起來。

看清來者面容之後，向嵐只差沒有立刻衝上前去揍這人一拳。

因爲這個男人，毫無疑問正是和她角逐同一個職位，從前曾經凌辱過她的其中一名惡徒。眼前的男人名叫蔡翰林，這個人就算是化成灰，向嵐都一定認得。學生時期，他的女友因爲看不慣向嵐受到眾人歡迎，讓他夥同其他高中男學生一起羞辱了她。

甚至於，在向嵐好不容易憑自身的努力再度立身於世時，他卑鄙地撕裂她的心傷，奪走屬於她的機會，讓向嵐再也提不起勇氣面對自己的舊創。

種種不快湧上心頭，向嵐自己都沒發現，不知從何時開始，她已經握緊了拳頭。

「妳、妳是誰？」蔡翰林大聲喊道：「妳想怎樣？」

「你已經忘記我是誰了啊。」向嵐的聲音從緊咬的牙關之間擠出，她幾乎可以咬碎自己的牙齒，「高中的時候、求職的時候，你是怎麼對我的。怎麼？你那個猥褻腦袋裡面記不得自己犯過什麼錯嗎？」

似乎是以此為信，蔡翰林終於弄清了來者，臉色立刻從驚恐轉變為不屑。

「什麼嘛？我以為是多厲害的狠角色……原來是妳？以前被我壓在下面的女人？」

他仔細看了看四周，其他發出嗚咽聲的人都和他一樣被脫光了衣服，但不知為何，當他確認向嵐就在眼前之後，就連渾身散發危險氣息的項紀風都被他給自動忽略了。

「只不過是個在女校裡耍威風的女T而已，出社會以後還不是被我吃得死死？心理素質災難性的低……就憑妳也想搞我啊？想想妳的爸媽是什麼下場！」

彷彿是確信向嵐又會像從前一樣退縮，蔡翰林大聲怒罵，那聲音幾乎可以蓋過在房間裡所有呻吟。先聲奪人的效果絕佳，向嵐一時之間除了憤恨，也不知該拿眼前的仇人怎麼辦。

當時將向嵐按在校園黑暗角落裡的人們，眼前名叫蔡翰林的男人，可說尤其令人噁心。他與女友共有一種扭曲的快樂，那是分享自己正在與他者親密接觸的模樣，即便在多年以後，他對於曾經侵犯過向嵐這件事，依舊是滿不在乎。在文明社會裡，所謂「社會地位」和「家族」的力量凌駕一切，關於這一點，向嵐深深可以理解。

平均壽命更加悠長的合帶國，有權有勢的人們，掌控資源的時間遠比從前都久。這也是爲什麼越年輕的人越沒有力量，也越沒有機會。就連她的父母都在與蔡翰林等人交手的過程當中失去一切，最後甚至失去了生命……如今向嵐卻忽然不知道自己面對這個仇人，該有怎樣的表態。

這時候，項紀風只是靜靜將一把帶鞘的野戰刀，交到向嵐的銀色義手上。

「喂，髒兮兮的原命主義者，你什麼意思？」蔡翰林有些畏縮地說道：「難道你對重生沒有興趣嗎？只要靠我的力量，在當今社會上呼風喚雨根本不算什麼。這女人只不過是個沒正職工作的家裡蹲而已欸！不會吧，還是說你喜歡這個被玩壞的女T？她大腿內側還有我留下的簽名你知道嗎？」

「閉嘴，很吵。」

項紀風那曾經受過傷，無法完全睁開的右眼斜睨著嘴角滲血的紈褲子弟，很快便讓他壓低了繼續咒罵的聲量。而後，他面無表情地望著向嵐，從他深灰色的眼底，彷彿能看見絕望的顏色。

向嵐接過刀子，抽出來仔細看了看——刀刃鋒利，金屬片本身則刮痕滿布，看得出來經常使用。握把處多有缺損，處處都有無法磨除的髒汙，顯然它並不是單純的裝飾品，或許身經百戰，取走過許多人的性命。

「我把決定權交給妳。」項紀風輕描淡寫地說：「妳有那個資格，不是嗎？」

什麼資格？是殺死仇人的資格嗎？

因爲他曾經讓我受苦，所以我可以殺死他嗎？

一句句提問在向嵐從前無比清晰的腦袋裡響起回音，如同是從山頭崩落的土石流，將她千瘡百孔的心靈淹沒。恍然間，她反持短刀，一步步向蔡翰林走近。

「喂喂，這可不是開玩笑的喔。」蔡翰林臉上的嗤笑逐漸轉變爲扭曲的苦笑，那滲了血的嘴角開始有些顫抖，「我道歉總可以吧？我這種身份的人跟妳道歉可不簡單，夠妳出去跟別人吹噓很久了。就說合帶國最大的醫療財閥蔡家的公子欠過妳人情……這樣如何？」

向嵐停在蔡翰林跟前，眼神冷峻，如同能將眼前男人的呼吸都給冰結起來，「這沒有意義，你如果死在這裡，名號也沒有用。」

「等一下，等一下啊！」蔡翰林急得額頭上汗水直流，「不是，正常人都知道該怎麼選吧？現在平均壽命可是長達一百二十歲喔，你媽的！我們現在都三十歲左右吧？」

「那又怎麼樣？」向嵐淡淡地問。

「妳有機會在之後的九十年，讓我蔡家欠妳人情耶？九十年喔！妳想想看啊，我承認是做過很不得了的事，但那都是十多年前的事了，十多年很久嗎？跟一百二十年相比是不是短得像一瞬間一樣啊？都過去了不是嗎？抱著仇恨什麼的，多可悲啊妳看看！」

也許是眞的怕了，蔡翰林所說的話開始越來越缺乏邏輯。

一面對項紀風貶低曾經被他玷汙過的向嵐，對手持利刃的受害者本人卻又開始曉之以理。向嵐在接案工程師的工作職涯當中，當然也沒少遇過這種「變色龍」一般的人——他們這些人使盡嘴上功夫，白般閃爍其詞，爲的不是別的，就總是爲了他自己。可能是爲了活下去，可能是爲了更多的利益。他們不著邊際，顧左右而言他，就是不檢討自己。

這樣的人，毋寧就是個標準的小人。

向嵐高高舉起銀色義手，冷徹的刀尖剎那間如流星般落下。

「哇啊啊啊啊！」

蔡翰林的慘叫聲響起，鼻涕和淚水從他臉上滴落，但定睛一看，卻發現刀子刺在他肩頭一旁的木椅上。

向嵐顫抖著手，放開了那把有著歷歷陳跡的野戰刀，面對醜態百出的蔡翰林，也是不爭氣地流著淚。

「操、操妳媽的！嚇我啊！」蔡翰林大聲咒罵起來，「沒那個膽子，就不要裝模作樣啊！幹！」

也不搭理蔡翰林的辱罵，向嵐只是後退了幾步，隨後跌坐在地上。她一言不發地望著自己發抖的義手，無力地搖了搖頭。

「我下不了手……」

她自問，自己不是復仇者，也不是劊子手。她窮究年輕歲月得到的解答，是讓自己強壯得不需要再害怕。但如今，要將刀子插進仇人的胸膛，她卻怕得無法動彈。

看著這樣的向嵐，項紀風搔了搔鼻頭，嘴角流露出微笑。

「及格了。」

「欸？」

向嵐不解地抬起頭，望向那灰色捲髮的男人，卻見他悄無聲息地將野戰刀拔起之後，迅速刺進蔡翰林的胸膛。

「呃噁——」

與向嵐一樣瞪大了眼睛，望著胸膛深深埋入的刀刃，以及不受控制滲出的血泡，蔡翰林似乎滿臉的不敢置信。然而他大大張開的嘴巴卻發不出聲音，綑綁在木椅上的四肢無助地扭動幾下，隨後便垂下了肩膀，胸膛吃力地起伏著。

「知道嗎？向小姐。其實刀捅進肺部以後，內部會因爲氣壓失衡的關係發生血胸或氣胸。」項紀風的微笑看起來彷彿更開朗了，「傷患無論怎樣動他的胸膛，都沒辦法交換空氣。所以妳看，他看起來像在喘，卻沒有呼吸聲。」

蔡翰林滿布恐懼的眼神，彷彿在向眼前曾經被他欺凌過的女人求助。向嵐望著這樣的他，卻深知自己根本沒有辦法阻止生命流逝。

「除了沒有呼吸聲之外，還有一個經常被人誤解的特色。那就是——受了深度的胸部刀傷，其實叫不了多大聲的。」

項紀風說完，握緊了刀柄一轉一扭。蔡翰林的身體隨之抖動了一下，隨後便失去了聲息。

向嵐的仇人之一，一個惡劣的男人，毫無價值地死在網路收不到訊號的地下系統裡。而向嵐卻覺得自己心中的空洞彷彿變得寂寥且幽遠。猶如不斷墜落的失重感，讓她險些暈了過去。

「看到這種情況會覺得不舒服，證明妳和我並不一樣，向小姐，妳做得很好。」項紀風沾了血的右手向她友善地伸了過來，「看到妳這樣，我就放心了。在這裡，我以『抽薪者』領袖身份歡迎妳。」

「歡迎……什麼？」向嵐被拉起身時，語調幽微地問道。

「雖然只是暫時的，歡迎妳加入抽薪者。」項紀風呵呵地乾笑了幾聲，「我會把妳的仇人全部殺掉，相對的，請幫我們帶走利小萌小姐吧。」

義手移植需要一段適應期，向嵐在可以完全掌控好被稱為「第二世代」的 Gen2 銀色義手之前，項紀風並沒有指派任何工作給她。在名叫「林雲」的私生人護理師照顧之下，向嵐每天接受神經接續檢查，同時利用各種工具鍛鍊握力與靈活度。

向嵐不曾移植過任何義體，但從前的工作經驗，讓她擁有豐沛的義肢資訊。她當然理解移植義肢之後的必要過程。如果沒有經過適當的復健，失控的義手不小心傷了人不說，更糟的可能，是輸出功率過大，意外燒毀神經系統。這麼想來，項紀風立刻帶她前往「牢房」和蔡翰林見面的行爲，可說是亂來到了極點。

然而，原本需要約一週左右才能做完的復健科目，對天資聰穎的向嵐而言，也不算是太困難的課題。僅僅只花三天，她不僅可以一拳打碎石頭、單手折彎湯匙，更能輕輕捏起飄在空中的肥皂泡。

「從最輕、最細膩的力道，直到最具破壞力的輸出，向小姐妳都做得很棒呢。」

一如剛醒來時看見的模樣，林雲是個並不過度修飾自身外表的「私生人」，也是一名「原命主義者」。分明有絕佳的醫術，以及操作義肢的知識，她自己卻並不移植任何義體。看起來已經五十歲左右的林雲，有著微笑時會瞇成一條線的溫柔神情，眼角魚尾紋越是笑著越是深邃。她也是個溫暖且和善的女性長輩，向嵐可以感覺到，在她面前，自己不僅得到生理的照護，就連心理層面上也都得到了治癒。

不造作的純粹面孔，能切身感受疲勞的身體與四肢，無論怎麼看都有許多不便。但林雲對於緩慢損壞的自身，卻彷彿並不放在心上，相反地，對傷患與病人的關懷，則有著永遠用不完的能量。

「謝謝妳，林姐。」

「哎呀，妳只有和我說話時會這麼客氣呢。」林雲樂呵呵地爲向嵐的義手刷上冰涼的神經活化乳液，一面說道：「爲什麼呢？」

向嵐沉吟了一陣，沒能說出口的，是覺得林雲讓她想起從前對她百般呵護的母親。

「不過，林姐姐我啊，本來就知道妳不是外表看起來那樣的孩子。」

「什麼孩子，我三十歲了。」向嵐哼地一聲，卻只是惹來林雲更不加掩飾的笑。

「說什麼傻話，妳看起來還等著被疼愛呢。」

是不是有這種母性的人，都能簡簡單單看穿自己心裡暗藏的傷？向嵐這麼想道。因爲她不只想起母親，她必須很努力，才能避免將林姐和利小萌兩人的模樣重疊。

那會讓她恨，讓她掉眼淚。恨自己對利小萌現在的處境或許無能爲力，爲不到一個月後可能就將迎接的「儀式」掉下眼淚。

她幾乎忘記自己曾經是個擁有完整家庭與愛的女孩，那裡有事業有成、政商關係良好，既成熟又牢靠的父親，還有溫柔接納孩子的任性，爲她梳頭髮、穿好衣裳的母親。在他們被這個世界的惡意吞沒以前，曾經也像林雲一樣給她最純淨的關心與照顧。

如今她們已經不在，而項紀風幾天前手刃的蔡翰林，也只是其中一個摧毀向嵐人生的惡人而已。《少年事件處理法》讓那些曾經侵犯她的人如同沒事一般在社會裡遨遊，受傷的向嵐則被迫面對仍在滲血的舊創。

儘管向嵐自己也因未成年，在父母自殺時沒有因爲「未經許可的死亡」而遭受連坐罰，但她絲毫沒有感謝過《少年事件處理法》爲她帶來的網開一面。

直到利小萌出現之前，沒人能直接擁抱她受傷的心靈，她也不曾鬆開過自我防衛的拳頭，不能握住任何一雙向她伸出的援手。如今能感受到林雲的溫柔，肯定也是利小萌那雙粗糙的「吉他手」所致。

「好了，剩下的妳可以自己來吧。」林雲幫向嵐檢測完之後，像是愛護孩子一樣摸了摸她那一頭像男生一樣的削短髮。

「當然。林姐不要這樣摸我頭啦！煩死了！」向嵐雖然這麼說，卻並沒有拍開林雲的手。於是她變本加厲地把向嵐的頭髮搓揉成一頭亂髮，才調皮搗蛋地往其他病床去。

向嵐一面碎唸，一面整理頭上那片狼籍。環顧四周，這裡並不是她當時接受手術之後單獨恢復的護理室，有許多狀況不佳的金屬病床，搭配破爛被褥，分布在廣大房間各處。泛黃塑膠簾從天花板垂落，只在最低限度上給予病人最基礎的私人領域，而老舊醫療儀器運轉的高頻音此起彼落，在閃爍不已的舊式 LED 照明輝映之下，醫務設備破落陳舊，令人不安。

她跳下病床，發出「嘎吱——」一聲刺耳的金屬哀鳴，走過十多個床架，血與消毒水混合的氣味一再搔刮鼻腔，讓向嵐時而打噴嚏、時而咳嗽不止。

林雲細心照料的病人大半是身上不帶義肢的原命主義者，裡面有些人狀況顯然並不算好，可以說是危在旦夕。然而，在缺乏重要維生儀器的地底，能不能挺過傷病似乎很看運氣跟毅力。林雲柔聲和傷者對話，而傷者有的早已聽不見任何話語，在意識的浮海之間，那些即將逝去的人究竟經歷過什麼，讓向嵐百思不解。

於是她問道：「聽說抽薪者是反燒魂團體，但在網路上看到的陳情抗議活動都滿平和的，爲什麼每天都有像這樣的傷患被送進來？」

「問得好。」

沙啞如木片推擠一般的嗓音，其聲音的主人是灰色捲髮、滿面傷痕的項紀風。他推了門進來，身上扛著一名已經失去意識的女性。從她衣物上沾染的血跡看來，所受的傷恐怕也不輕。

向嵐幫著將女性傷患放到自己剛剛跳起來的溫熱病床上，只見那人腹部有個血洞，鮮血還一股一股地冒著。她趕緊用銀色義手壓住血洞，並運用網路上得來的知識協助止血。

「很懂嘛，用魂磚製成的義肢能有效撫平創傷及神經性的痛楚，這也是爲什麼那些換了義肢的人會越來越長壽。」項紀風哼地一聲，拍了拍灰色長大衣上沾染的血汙，就準備要往門外走。

「你到底在對抗什麼呢？『抽薪者』的領袖？」

聽見向嵐的提問，項紀風不由得停下了腳步。

「反燒魂也是一種民意，我沒記錯的話，現在國會裡也有反燒魂的『安魂黨』，和支持燒魂的『國延黨』在進行修法拉鋸。是什麼樣的活動，會讓『抽薪者』每天有這麼多的傷員？」

「並不是陳抗活動造成傷員。」項紀風的語調裡彷彿摻了冰，「妳有根本性的誤會呢，雖然年輕的時候被社會洗禮過，但『地下社會』的事情知道得並不算很多嘛。」

「你媽的，少拐著彎子打啞謎。」向嵐不耐煩地說：「所以是怎樣？」

「爲什麼？」項紀風咬緊牙關的摩擦，簡直可以擦出火花，「因爲這個國家有私生人，又有燒魂專法。」

「這我當然知道，沒有經過申請就出生的國民，稱爲私生人。」向嵐哼地一聲，「所以呢？現在說這個做——」

「生育、生存，生命存續，是人的所謂『本性』。」

項紀風慢慢走出醫療區域，而向嵐讓林雲接手傷患之後，也像著魔一般急急忙忙跟了上去。

「私生人爲什麼要躲在地下系統裡，妳明白嗎？」

「當然是因爲要避免被中控發現有人手上沒有植入晶片啊。」向嵐不耐煩地答道：「說了別打啞謎，你可不可以說重點。」

「那我就直說吧。」

項紀風停在大空洞的圍欄邊，就著五光十色的 LED 光線，他的輪廓看起來滄桑且深邃，彷彿融入這個少了人造光線就會伸手不見五指的黑暗中。

「任何人性本質，只要進行管制，得到的結果就必然是『地下化』。就像是啓動快樂神經的藥品，就像是便宜的菸，就像是被限制用途的醫療技法，就像是生與死。」

「非法生殖──」向嵐吃力地點了點頭，「我知道，這名詞確實幹媽的夠噁心古怪。這國家哪天連吃飯都算犯罪，我都不會覺得意外。」

「人類的生物趨性受到了限制，從而地下化。」項紀風冷淡地望著她，背光的面孔看不清表情，「但『中控』這麼神通廣大，妳覺得爲什麼『私生人』數量還是居高不下，甚至有增無減。」

私生人、燒魂法──這兩個詞彙在向嵐的腦海裡反覆琢磨了數遍，隨後她圓睜雙眼。有一個她不願意相信的可能性，但是和「抽薪者」這個團體遭遇到的現況可以說不謀而合。

「難道說，政府刻意在放縱私生人……？」

「妳眞的是個……聰明絕頂的女人。」

項紀風難得地笑了，眞心的那種笑。而向嵐知道，這一抹笑容，她一點都不想聽見，也不願看到。

因爲那便坐實了令人不願相信的想像……

「幹！是狩獵穩定增加的私生人，用於燒魂啊！」

第六章　兩位英雄的眞相

在「安寧假期」又待了一個星期，向嵐一句道別過後，利小萌面對滿屋的寧靜，一日度一日。

在安樂席執行委員會運作之下，他們清除了「兩名受選人」的混亂，隨後一致決議——必須給本年度安樂席的正選人一個眞正完整的「假期」。據說這是首席執行官岑仁美的提案，而素來與她不和的另一位執行官左登樓，在這個議題上竟然沒有任何反對意見，也算是史無前例。

會知道這些，是因爲自從向嵐離開「安寧假期」別墅，岑仁美便經常造訪。比起左登樓，利小萌確實感受到同爲女性的岑仁美更讓她感到自在一點，但眼前這位渾身移植了義體的苗條女子到底多大歲數，卻也猜不著邊。

岑首執態度高雅，身段優美，雖說是修養極佳，但也無形中給人帶來不小的距離感，這種源自於氣質的排拒讓利小萌即便有問題也問不出口，並不擅長與人混熟的個性也爲她與岑仁美之間增添相互熟悉彼此的困難。

在利小萌而言，同爲個性上格外遵守體制的人，要熟起來絕對沒有比跟向嵐交朋友容易。畢竟向嵐是個鋒芒畢露的女人，而這位岑仁美呢？只是看她在廚房裡嫻雅地泡著花草茶，就有一種在欣賞藝術品的錯覺，不似在人間。

「洋甘菊、蘋果、蜂蜜，這樣的配方在上個世紀以前就已經非常流行。」岑仁美將剛沖好熱茶的玉壺，及兩個精巧的玉杯放在餐桌上，「對心神的安撫有益，所以從前人們愛喝。」

「中控接掌全民的食衣住行，也是這四十幾年的事情而已。這些配方難道在AI資料庫裡面沒有嗎？」利小萌淺淺地吸了一口氣，「嗯……特別的香氣，雖然用中控提供的原料來沖泡，但經過岑小姐妳的雙手，光是聞起來就和AI泡出來的花草茶不一樣。」

「這無非就是『人』的特殊之處。」岑仁美微笑著說道：「AI每一次沖出來的茶，都不會有絲毫不同。它精密、準確、不會犯錯，相對的也缺乏意外性。而人類是有瑕疵的，每一個人都有專屬於自己的瑕疵，而也是這些『缺點』讓每個人顯得特別。」

利小萌望著一面解說，一面啜飲花茶的岑仁美。就連端起盤子、用兩隻纖纖玉指捻起玉杯的儀態也美得叫人目不轉睛。似乎是終於注意到直勾勾拋向自己的視線，她再次端起微笑，歪著頭以探詢的眼神望向這位安樂席正選人。

「啊，抱歉。岑小姐妳很漂亮，所以我有點看傻了。」

「雖然全都是義體的功勞，但對於妳的盛讚，我還是樂意接受。」岑仁美笑彎的眼眉有呼之欲出的清波，「不過，我怎麼說也是八十幾歲的老太婆了，給您這麼說也是挺不好意思的。」

「我以爲會移植義體的人，大多是對自己年紀非常在意的人。」利小萌驚訝地說道：「岑首執這麼直接地把自己年紀交代出來，真讓我意外。」

「呵呵，我們剛才說到哪?意外性，不是嗎?」

雖然藉此更瞭解這位「岑首執」一些，但利小萌卻感到自己似乎不小心冒犯了這位如手中玉杯一般冰清玉潔的美人。但岑仁美彷彿毫不介意，她輕柔地擺了擺手，「就像我剛剛說的一樣，只要是人就會有缺陷。事到如今，我不會吝於承認自己『已經老了』。」

彷彿是從口吻當中聽出了端倪，利小萌靜靜望著一面這麼說，一面低垂視線的岑仁美。她擺弄著漂浮在壺中的花瓣，悠然的神情裡與其說有著閒散，不如說，更像是凝視著自己心中難以揮去的某些回憶。

受命於政府，在公務員當中坐擁高薪，也因爲直接接觸「奉獻英雄」而受到尊重的「安樂席首席執行官」，岑仁美應該有優渥的生活、明確的使命，更在政府的安排之下，得以移植最優質的強化魂造義體。這一切，都應該讓這位人工美女有高枕無憂的社會生活，與常人不能企及的崇高社會地位。利小萌不禁尋思，那眼神裡揮之不去的陰影，藏著怎樣的憂傷。

兩人在無聲的寧靜中對視，這位身居高位的岑首執像是大夢初醒一般回過神來，「啊，抱歉，人老了就是這樣，容易發呆。」她一手遮掩朱唇，清淺地笑了笑，「看妳的表情，似乎不用說出口，就已經在問我『爲什麼』呢。」

「岑小姐眞是敏銳。」利小萌無奈地搖了搖頭，「眞抱歉，我雖然已經是準備赴死的人了，但還是改不掉不久之前還在做代課老師的習慣。只要發現有人明顯帶著煩惱，我很難不放在心上。」

「也難怪向小姐會這麼喜歡妳了。」岑仁美笑著說：「我也很喜歡妳，所以別這麼陌生地喊我岑小姐了，叫我仁美或者岑姐都可以喔。」

岑仁美說的話一方面讓利小萌感到有些害羞，說起向嵐，卻又同時感到寂寞。但她還是強打起精神，「雖然岑姐比我更年長，人生閱歷要比我豐富得多，但或許……既然岑姐這麼說了，我們也可以多聊一些自己的事？」

「妳的意思是說『輪到我』了嗎？畢竟我們安執委早就透過巾控，聽過您和向小姐的聊天內容，對妳各位的背景調查自然也非常紮實。這樣子啊，在坐上『安樂席』之前，妳竟然願意和我這種『劊子手』交朋友嗎？」

「別這麼說，妳那是工作吧。」面對岑仁美的直白，利小萌流露出求饒般的苦笑。

「呵呵，我不討厭妳這樣正直的妹妹呢。」

岑仁美一面這麼說，一面回頭盯了「中控」的監視器鏡頭一眼。四周的燈光被調整得較爲暈黃，令人昏昏欲睡的氛圍與室溫，似乎就像是手沖花茶一樣令人心神安和。有比這裡更適合談心的場合嗎？一間舒適的屋子，一壺美味的花茶，一位無瑕的人工美女，以及一個三週後即將點滴不剩的安樂席奉獻者……似乎並沒有任何理由，可以阻止兩人之間說出心底最深刻的隱語。

於是岑仁美以輕而細的語調說道：「儘管我盡力表現得像是個完美無缺的公務人員，帶著決心、使命感工作至今，也不避諱用義體改造的方式，維持自身體能的顚峰……但必須承認，我並不是像妳以爲的那麼好、那麼純粹。」

如同被一眼看穿靈魂似的，當岑仁美這麼說的同時，利小萌立刻就能感受到，對面這位高齡的科技美人，整個人的氛圍有著劇烈的變化。

「我不是劊子手，但我確實殺過人。」

岑仁美這麼說的同時，笑容沒有絲毫變化，情緒上看來紋風不驚，讓利小萌有些摸不著頭緒，不知道這究竟是一個過於激烈的玩笑，還是各方面看來都完美無瑕的岑首執，想藉此表達些什麼。

她啜飲花茶的姿態甚至毫無動搖，曾歷經教育職場的利小萌，明白這就是飽經社會歷練者才能擁有的淡然。雖然外表看起來仍是妙齡女子，但她自己也承認是個八十幾歲人，那樣的年紀，顯然已經與利小萌這個AI世代的人有所差距。

岑仁美對花茶手藝鑽研得深，左登樓也在食物料理上非常講究。眞要說起來，還是向嵐這個奇女子要更奇怪一點。會去探究那些透過「中控」可以簡單完成的咖啡、早餐做法，她又不是AI世代之前誕生的人……

而想到這裡，利小萌才發現——如今的她不論想到什麼事，總要回憶起向嵐的名字。她的態度、她的聲音；桀驁的面孔、張揚的語調；細膩的關懷，以及同床共眠時，曾牽過的溫暖手心。

向嵐有著顯而易見的缺點與弱點。也許正是因爲如此，才讓她在利小萌的記憶裡有著無比鮮明的印象。然而岑仁美這位才貌雙全的女人形象太過完美，直到利小萌察覺她心底的陰影之前，眼前的人工麗人一直有些透明。

就在她淡淡說起曾經殺過人之後，「岑仁美」這個人便忽然鮮明了起來。

「殺人，在全民健保6.0以後，可是一等一的重罪。」利小萌面上的苦笑更濃了，「套句老話說，是要『株連九族』的。身爲公務員的妳，不可能不知道。」

「那是當然的，非常清楚。」岑仁美撥了撥垂放在肩頭的秀髮，她的話語裡，開始有了沉靜卻熾熱的火，「但我這個人，有一分證據說一分事，妳可以信得過我，每說一分話，就有一分眞相。在『中控』的轉播之下，安執委全體都聽得到我們聊天的內容，我說的當然也可以被檢驗。」

「那又是爲什麼……？」

岑仁美站了起來，拉平她因爲交叉雙腿而略有皺摺的包臀窄裙，隨後來到利小萌身邊，與她並肩而坐。

「妳知道有什麼東西是和全民健保6.0一起發展起來的吧？」

曾經爲了穩定生活，拚命唸過書的利小萌，當然知道這些專屬於合帶國民的重要知識，「燒魂專法，以及魂造義體？」

岑仁美像是看著自己的好學生一樣，溫和地點了點頭，「沒錯。在全民健保6.0通過以前，首先取得突破性進展的，是『魂磚』製程的實用化，當然研究許久的魂造義體、人工內臟也隨之取得應用認證，國人的壽命，因爲『中央魂研院』的劃時代成果，從一百歲達到一百二十歲，也是近年的事。」

在第二次能源戰爭中倖存的海島國家「合帶」，並沒有直接被捲入第三次能源戰爭，四面環海的環境，本來是一個能源耗盡之後，就會被世界遺忘的死亡牢籠，所以各國爭相奪取「地熱礦工」與「剩餘能源」等資源，對合帶國而言並不是一場直接危機，而是一場慢慢步入死亡的安寧期。利小萌明白，這正是爲何在世界大戰當中，國內還能保有「國民平均壽命一百歲」這樣的高齡。

「我國醫療水準卓越，又因爲接納各國送來的戰爭重傷、重病患，可以說是大發戰爭財。但這樣的榮景，只要國內僅存的舊世代能源耗盡之後就會一切成空。」岑仁美繼續說道：「但這和我們小老百姓有什麼關係呢？『魂磚製程』的成果，以及當時箭在弦上的『燒魂專法』變成政府非常重視，但百姓非常無感的問題。大家只知道，『魂磚』是由『政府』提供，來源公正合法。後來，『義體』讓我們這些本該垂垂老矣的中老年人重返年輕美麗……妳說，出於生物本能，會讓我們怎麼做？」

「呃……我……」利小萌明白岑仁美說的是什麼，登時滿臉通紅。

「看樣子妳眞的很用功，沒有漏讀那段事件。」岑仁美一笑嫣然，聲音甜美，猶如銀鈴。

「那段時間被稱爲『戰後私生潮』……」利小萌將她羞紅的臉蛋埋入雙手之間，「第二次能源戰爭過後，許多曾經失去親人的國民，獲得了由魂磚製成的健康肉體。那時候還沒有『奉獻英雄』的制度，魂磚都是從第一世代志願者靈魂當中提煉出來的……」

「是。我們重新回到體能與外貌的顚峰，所以我和我先生，爲了重新生出那奔赴前線而死的兒子……這種愚蠢的心願，日夜不停地以全新的身體……」

聽到這裡，比起害羞，湧上利小萌心頭的，卻是一股揮之不去的苦澀。

而這細微的情緒轉變，當然也沒有逃過岑仁美聰慧的觀察，「是的，後來的情況就像妳讀到的一樣。電光石火之間，『全民健保6.0』與『燒魂專法』相繼通過。而大家沉浸在擁有全新醫療進展、重獲全新人生的喜悅裡，沒人發現在這些法條當中暗藏了什麼，也沒人知道安裝在自己手腕裡的仿生晶片代表什麼意義。」

後來的情形可想而知。

眾所皆知，全民健保6.0爲所有國人植入的仿生晶片，除了完美監控個人的健康狀況之外，還肩負了許多從前不得而知的功能。表面上，只需要抬手就能就醫、感應搭車、通行某些公共設施，聽起來是很方便。但相對的，控管單位也能夠利用感應軌跡進行個人的行蹤掌控，也能藉由健康資訊判斷當事人目前正處在什麼情況下。

於是，埋藏在「燒魂專法」之下的生死規——「嚴禁人民擅自出生及死亡」，在便利之下，成爲舉國上下後知後覺的認識。

起初，還有一些人零零星星地針對這條規定做出抗爭。但在「奉獻英雄」的制度——「安樂席」上路之後，習慣了「燒魂」帶來的純淨能源，超高齡化的合帶國裡，雜音逐漸消弭。

高齡者、合法出生者，還有接管了健康及舒適管理工作的超級AI『中控』，共同雕塑了這個時代。那些曾經忘情「造人」的非法生殖犯，一一在政府的掃蕩之下被整肅。

「非法生殖的刑度，是無期徒刑至死刑。」岑仁美微闔雙眼，從她秀美的瀏海之間，利小萌難以看清她態度與眼神的迷離，「戰後私生潮當中，據說出生的嬰兒有大約三十萬人。想當然爾，要論黑數的話，肯定不止這個數字。而合帶的監獄總收容人數是大約十萬上下，這時候問題就浮現了。」

「抓到的人，都去哪裡了呢？」利小萌感覺得到自己手心有些發涼，「其中一個答案，是否就是像岑姐妳一樣？」

岑仁美微笑著點了點頭，「爲政府做事，活著。這是一個選項。」

而另外一個選項，就算利小萌不直接說出口，也大概猜得到。可是岑仁美卻不打算放過她，「另外一個選項呢？」她問道。

「可能全都……不在人世了。」

「大致上就是這樣子沒錯，少部分逃了，也逃不了一輩子。誰能活著，誰該死去，都由『中控』看在眼裡，等於全都交由『官方』決定。」岑仁美站起身，走到窗邊，凝望著遠離喧囂市中心、寂靜如死亡世界一般的窗外。

「是的，爲了問出我們私自生下的兒子去向，我被拷問得半死不活，全身上下殘破不堪，生不如死。但AI判定我該工作贖罪，因此我被迫安裝全新義體，在體制的裁決之下活著，而我先生則不是。」岑仁美的凝望穿過街道旁的繁花綠樹，聚焦在不在此處的遠方，「我們相愛、一起犯錯，而後他死去。妳說，這人不就是我殺的嗎？」

「怎麼會……這樣。」利小萌感到喉頭酸疼，眉間緊鎖，「執法單位怎麼能做這種決定？夫妻一起被抓，卻要其中一人效忠，處分另一個人……這種決定，也太不符合人情了吧。」

「執法單位？」岑仁美提高了語調，像是格外不可思議地回頭望向利小萌。

那眼神裡透露的森冷寒意，彷彿與剛才沖出一壺馥郁花茶的優雅女子根本不是同一個人，

「咦？難道不對嗎？」

「我說的『官方』，可是『中央魂研院』喔。」

「行動的時候，務必要注意手腕上的網路訊號。」

在八人座的方形電動廂型車當中，除了向嵐與項紀風，其他幾位「抽薪者」的成員，正在安靜聆聽林雲的簡報。

「透過『值得信賴的友人』，我們得知目標人物現在正被軟禁當中，而這個人對我們的『抽薪』行動，有非常重要的功能。我們今天就要取得成果。」

林雲是抽薪者當中最爲重要的醫療人員，對於私生人而言，她的重要性不言可喻。她除了醫術高明、能不依賴AI解決問題之外，還必須要能保守祕密。這樣的人才無比稀少，但連她這麼重要的人物都被拉出來執行這次任務，對向嵐來說，是百思不得其解的事。

儘管如此，卻也並不特別有心情聆聽他們的簡報。

因爲在這次行動裡，她只負責開車。

說到底，她並不知道今天準備前往營救的人到底是什麼背景，也不清楚那個人的存在，對抽薪者的行動又有多少重要性。她對組織來說是一個過客，並非正式成員，讓她負責開車，對項紀風來講已經是最大的讓步。

向嵐非常誠實地向所有人承認，她只是坐不住。

離開「安寧假期」別墅，已經過了一個星期又四天。根據「值得信賴的友人」所提供的情報，在「安樂席」正選人決定以後，利小萌又獲得了足足一個月的「假期」。曾經也是局中人，向嵐當然能夠明白，這段時間，或許就是利小萌所剩不多的「餘生」。

雖說項紀風承諾要帶走利小萌，但時間正在點滴流逝，這樣的焦慮令她如坐針氈。別墅裡，離別時，她因爲萬念俱灰，在道別時刻意表現出不合時宜的灑脫。但事到如今，她分明知道抽薪者能夠帶走利小萌，卻沒有辦法立刻行動起來，這一切都讓她追悔莫及。

爲什麼沒有說得更多？爲什麼沒能將心意交託給重要的室友？如果再說多一點的話，利小萌會不會也尋求一個機會，從安樂席上站起來，從安寧假期裡開脫？

「看妳這鳥樣，就該知道爲什麼不能讓妳直接參與行動。」項紀風微笑著，以平淡的語調說著話——這是他在「地面上」時必然使用的口吻，也是一張假面具。

如同兩人首次相遇時一樣，他雖然面容滄桑，口氣卻聽來無害、平凡，手中還有能夠製造假訊號的僞裝晶片混淆中控AI偵測，身體徵象平和，到了舒適管理系統根本無法察覺到異常的地步。

這些抽薪者確實藏得夠深，向嵐痛切明白，她確實正與合帶國的黑暗面——地下社會的成員建立起關聯。

「我跟你們這些壞份子沒有一起訓練過，狗都知道我沒辦法直接參與全程。」向嵐一面開車，一面不耐煩地說：「但怎麼講，媽的……謝了。」

「謝什麼？」項紀風挑起一邊眉毛的傷殘臉，看起來又陰陽怪氣了些。

「啊就……靠北喔，不想講。」

「呵呵，小向只是害羞而已啦。」做完簡報的林雲已經坐回位置上，在向嵐的背後嘻嘻笑著說：「經過這段時間的相處啊，我已經知道了，小向每次不好意思的時候，就會支支吾吾的喔。」

「林姐！」向嵐求饒般喊著林雲的暱稱，「別洩我的底啦……欸幹，我就是毛躁，就是坐不住，怎樣啦！」

「嘿，沒有想要怎樣啊，小向。」項紀風樂呵呵地說道。

「項紀風，誰說你也可以這樣叫的，只有林姐可以這樣叫我，明白嗎！」

向嵐脹紅著臉，驅車在都會中心的喧囂街頭穿梭。她跟著由AI掌控的前車，以不會引起中控注意的和緩速度駕駛著。

冷光招牌和電子音樂迴盪在市區街頭，人潮熙熙攘攘，道路兩旁，有形形色色的合帶國人，共同織就市中心的繁華街景。他們有些沉浸在混合實境當中，張開嘴、搖晃著身體，任由資訊澆灌他們無聊的心靈。有人三五成群，用年輕的義體踩著衰老的步伐，暢談上個世紀至今不變的政治話題。還有些人，他們一早就用了中控給的電子酒，讓訊號打擾一下中樞神經，紅著臉在路邊走走停停，既不用花錢，還不傷身體。

喧囂處處，代表了城市與國家的活力，和寧靜得猶如死去的住宅區相比，這裡有活人的聲息。

但看在向嵐眼裡，這些人和死了也沒有什麼分別。

隨波逐流，任由體制決定生命的去向，這些人的靈魂，在電氣訊號裡腐朽，在0和1之間逐漸裂解，注定在人間吵吵鬧鬧一回，最後什麼也不剩。眞要說的話，也就留下了身分證號碼，無所不在的「中控」資訊流裡，那一組又一組的LOG記錄，指的是「國民」活動的足跡。

相較之下，抽薪者們有著共同的理念，投身於可能被逮捕的陳抗活動當中。他們被世界遺棄，卻憑自己的意志與肉體，試圖鑽出幽深的地底，用活人的話語高聲言說。

她不禁悠悠想起，自己曾經也走上過安樂席，用自己的意志，去試圖選擇生命的使用方式。然而追根究柢，將自己的靈魂放在天平上，像是商品一樣賣給國家，也能算是「生命選擇」嗎？

「我們快到了。」

林雲的提醒打斷了向嵐的思緒，她搖搖頭，試圖趕走籠罩在心頭的迷霧，重新望向他們作爲目標的自動化無人倉庫。

共享用途的無人自動倉庫以合金防爆門作爲出入安全措施，有良好的通風，以及同樣受到中控管理的舒適環境，但凡濕度或溫度，都順應使用者的用途客製化，達到令人滿意的恆定。只要感應手腕裡的識別號碼，就能短期租用、堆放資材。對於需要搬家，或者做些小生意、沒有地方可以放貨的小資本電商而言，可以說是非常便利的共享服務資源。然而，有些窮人把這裡當成

「臨時住所」的事情也時有耳聞。

在這個生死受到控管的國家，卻似乎不太在意「倉庫」被用於其他用途的怪象，儘管生活已經高度仰賴AI，但在管理上，屬於人性的混沌與矛盾還是依舊存在。因此向嵐也不是不能理解——這裡確實有軟禁「重要目標人物」的可能性。

證據就是，分明不需有人看守，從開設以來基本上只靠AI進行控管的共享無人倉庫服務區，竟然同時有好幾組人馬流連在此。他們穿著各種不同制服，喬裝成各家公司的貨運人員，狀似忙碌，卻同時有好幾道視線向她駕駛的七人座電動車望過來。很顯然地，這裡確實有些蹊蹺。

雖然向嵐也參與了行動，但就像是項紀風說的一樣，她只能負責開車。所以一到達目的地，就只有抽薪者的行動小組成員穿上預先準備好的墨綠色制服。除了向嵐與林雲兩人之外，其他四人下了車，面帶微笑走向倉庫區域。它們熟練地向周圍投來的視線回以友善的微笑以及和睦的態度，猶如是久經職場的社會人士一般，既圓滑且人畜無害。要不是因為向嵐知道那些人的眞實身份，看在她的眼裡，也會覺得就是一間尋常貨運公司的員工。

四個男人走遠以後，兩個女人只能枯坐在車廂裡等待。抽薪者所準備的對講機是上個世紀流通的款式，只能達到極為簡單的點對點通訊，在這個幾乎完全使用AI與網路達成通聯的年代，反而是個容易規避調查的漏洞。

反過來說，放在車子裡的舊時代對講機，也就是行動組與駕駛組之間唯一的生命線了。當他們準備要上車時，透過對講機傳來的通訊就是逃跑行動的契機，在這個時候，絕對是不可以節外生枝的——

「兩位小姐，妳們是哪家公司的啊？」

正當向嵐心裡七上八下，一位身穿橘紅色制服的男人竟毫無預警地走了過來。

他的探詢讓向嵐一身冷汗。

畢竟項紀風並沒有交給她開車以外的任務，面對突發狀況，她顯得眼神渙散、六神無主，甚至無法轉頭看那窗邊說話的男子一眼。

自從求職挫敗，被蔡翰林挖開舊傷的那一天起，向嵐一直是在家工作者。她是網路上最神祕的「超級工程師」，雖然有無與倫比的天賦，但幾乎沒有任何一個業主能夠眞正意義上和她見過一次面。有時是透過線上會議討論，或者在虛擬實境當中溝通，向嵐換過許多替身與代號，沒人知道這位接案人到底叫什麼名字，也沒人知道她的底細。

這樣的環境，才能讓她得到安寧。

反過來說，向嵐非常不擅長與陌生他者面對面。猶如是在「安寧假期」與利小萌的相遇，她除了利用帶刺的言行偽裝自己，在暴戾當中蜷縮自我之外，早已不知道有什麼其他辦法，可以和尋常人正正經經地交流。

在「抽薪者」的根據地，每個人都帶著露骨的目標在行動，也毫不掩飾自身意圖與向嵐相處，與其說是工作，這些人更像是捨身，和從前不顧一切武裝自己的向嵐很像。不受祝福的親切感，讓她比較容易融入這一群被體制遺棄的人當中。

但眼前這個男人，一來不知是敵是友，二來那完整社會化的態度與面孔，無不令向嵐極端想吐。她無法停止想起，從前在那個菁英女子高中裡，外表楚楚可憐，卻狠心加害於她的女孩子們，最後是帶著如何扭曲的笑容，又是怎樣漠視她遭受的欺凌。她也無法忘記，在競逐同一個職缺的面試會場裡，蔡翰林帶著森冷意圖的笑語是怎樣刺穿她的心。

「怎麼啦，這位有好看刺青的小姐……」橘色工作服的男人摸了摸下巴，「嗯……怪了，我們有在哪裡見過面嗎？總感覺妳好像很面熟啊。」

向嵐感到胃袋翻湧，她吃力地彎下腰來，只恨無法把自己藏到某個洞裡去。

此時此刻，她非常明白自己心理狀況並沒有很好。在利小萌的懷裡哭過、在蔡翰林被項紀風所殺之後，她都曾經覺得自己好了。但顯然並不是如此，那些在心口上潰爛十餘年的舊創，要完全被治癒，自然是沒有那麼容易。

她又一次體會到，自己曾被生命中難得一見的貴人支持著。

證據就是，那個能夠包容她所有一切的人——利小萌不在身邊，竟然會讓她找不回內心的平靜。

這時，俏皮的語調從後座傳了過來。

「幹嘛呀這位小鮮肉，你不要嚇我們家的新妹妹好嗎？」說話的是林雲，她一面微笑著向男人搭話，順手還取了一頂墨綠色棒球帽往向嵐頭上一戴，「搭訕我們家帥氣紋身妹妹，是要付出很高代價的喔。」

林雲不愧是在組織服務許久的老成員，面對突如其來的突發狀況，她臨危不亂，笑臉迎人，與攀在窗邊的男人就這麼聊了起來。

她流利地聊到虛構的公司背景，談起對方服務的公司名聲，還特別有見地。有些專屬於貨運業者的行話，更是講得頭頭是道。從集貨中心的運作調度，到貨運司機一整天疊貨的時間點、面對點貨異常以及難搞的業主，林雲隨口都能抱怨上幾句。難以想像她本業是地下組織「抽薪者」的首席醫護員。

「原來如此，黃柴物流啊。難怪在這一帶沒怎麼見過。」男人像是心領神會地說道。

「別說在這附近見不到，你去哪裡找得到像我們家紋身妹妹一樣，年輕貌美又身兼帥氣的物流士？大部分都像我啦，沒錢換義體的老阿姨囉。」林雲笑嘻嘻地和男人聊著，彷彿她眞是那黃柴物流的正式員工，「最近因爲那個時節了嘛，貨量比較大，沒辦法的事啊，連我們黃柴倉管課都需要借共享倉庫來當週轉空間。」

「咦？大姐妳說的什麼時節……」

「當然是國慶日，以及同一天即將公開進行的『安樂席上座儀式』啊。這次不是說『安樂席』推遲一個月嗎？所以十月十日國慶之後，再一個月有什麼？是雙十一瘋狂購物節欸。從前在政府的宣傳之下，全國都會爲奉獻英雄盛大慶祝的，現在又撞上安樂席延後上座，等於國慶狂歡連續保持一個月，貨量不可同日而語啊！年輕人你眞的是搞貨運的嗎？怎麼可能連這個都不知道？」

竟然拿這種問題來反將一軍？向嵐藏在帽簷底下的詫異神情如果被男人看見了，可就得露出馬腳了。看那男人支支吾吾的模樣，她敢說自己如果被這麼一問，肯定也是這副不經世事的菜鳥反應。

林雲當然也看得出男人心虛，但她的目的其實也很單純——要這位來監視的小菜鳥別來礙事。

「怎麼啦，你們那裡不忙嗎？」林雲眨眨眼睛神祕地笑了笑，「我們家的刺青妹妹是不可以啦，還是你喜歡阿姨我，想要聊久一點？」

「呃呃呃大姐妳忙啊，打擾妳們了……」

男人陪著笑臉說完，微微鞠躬，就準備要從車窗邊離開。向嵐不禁鬆了一口氣，她直起腰桿，重新打起精神往共享倉庫的方向望去，卻沒有發現腰間的傳統式對講機耳機線不知何時已經被扯開。

「小向，阿雲，得手了，準備好。」

項紀風的聲音傳遍車室，而還沒離開車窗邊的男人，當然也沒有聽漏。

「不受中控管理的通聯？怎麼回事？妳們在幹什麼？」男人汛速從懷裡取出手槍，那雙銳利如劍的雙眼底有著顯而易見的詫異，「出示妳們的識別晶片，把手舉到我看得見的……」

然而一聲細小的氣音之後，男人的眉毛之間便多出了一個血洞。硝煙氣味與血腥味一同撲面而來，向嵐都沒能來得及看見林雲什麼時候取出滅音手槍，又是什麼時候對準那人的臉上毫不猶豫扣下扳機。

「衝過去，小向！」

沒等話說完，向嵐那聰明的腦袋也明白事態刻不容緩。儘管悔恨自己的粗心打亂了行動節奏，已經發動的八人座電動車，還是飛快來到抬著一口大箱子的抽新者成員面前。

大開的後車門口，項紀風拉著大箱子連人帶貨摔了進來，隨後林雲一面關閉艙門，一面吼道：「快開車！阿風會給妳指示！」

向嵐大驚失色地望著車外四名成員，他們正挨著車門和四面八方僞裝成貨運業者的監視人員駁火，「可、可是他們還沒——」

「他們本來就準備好殉職！」項紀風爬到副駕的位置，往向嵐就是一個巴掌，「快點開車！妳想讓他們白死？」

被打得眼冒金星的向嵐一咬牙，將方向盤死死打到底，隨後重踩油門，在槍聲當中衝出重圍。從後照鏡中，可以看見四名抽薪者戰鬥員身上的制服在槍擊當中破損，露出底下的強化外骨骼裝甲。

即使是這樣，面對周圍接連不斷的射擊，他們也不可能支撐得太久。向嵐不笨，她當然知道這就是項紀風不跟她說明計畫全貌，只要她開車的最主要原因。

這更加令她存疑——到底是怎樣的人，讓他們必須不惜犧牲性命，也要搶到手？

「小向，不要放慢速度，盡量往郊區開。」後方傳來林雲嚴肅的指示，「盡量開穩一點，我現在就要斷開會被追蹤的訊號來源，等等會立刻進行手術，所以妳要穩住，明白沒有？」

「欸幹？難道……」向嵐無法回頭，她的問句也來不及說完，就被一個男人淒厲的慘叫聲給蓋了過去。

一隻左手掌掠過肩頭，砸到前擋風玻璃，落在項紀風的大腿上。

果然是這樣啊！向嵐在心底無聲地大喊道。

電動車飛快開出市區，窗外景色不斷向後飛掠，向嵐聽從項紀風的指示左彎右拐，只覺手心發熱，胸口發燙，幾乎沒有思考的餘裕。血味在車廂裡蔓延，而後座傳來的男人叫喊聲，似乎也在麻藥的作用之下逐漸變成厚重的喘息。從照後鏡上看來，並不算非常安穩的後座上，林雲低頭爲男子施術，滿頭大汗、無比專注。

「好，已經到計畫中的地點……準備換車。」

項紀風示意向嵐慢下來，停在一處郊區與都會之間的交界地。這裡有風景宜人的「自然公園」，放眼所及綠草如茵、百花怒放，翠綠路樹與嬌豔花草，在風裡婆娑生姿，若不是因為風吹過渾身汗濕的身體，讓人禁不住發抖，單看這個景象，真叫人以為如今還是盛夏酷暑。分明已經接近十一月，自然公園裡，所謂「自然景觀」竟然如此不合時宜，都是舒適管理AI「中控」刻意維持的結果。

不正常的鄉野風情之間，有人為的冷光照明點綴其間，這裡也是受到「系統」妥善照顧的地方，而在項紀風等人的調查之下，也是AI管理網路觸手的末端。

他開門下車，將染血白布包裹起來的斷手往垃圾桶一丟，隨即機械運作的吵鬧聲響起。向嵐明白，那是因應都市計畫而廣泛設置的垃圾粉碎機正在全力運轉。總體回收系統在這個氣氛祥和的人造自然當中，理所當然地妥善運作，而男人的左手，就這樣進入垃圾處理的一環，專屬於他的健康信號，也將在這裡戛然而止。

「接下來的路程會很平穩。阿雲，止血手術做得怎麼樣？」

「已經都差不多了。」林雲汗如雨下，眼神渙散地說：「狀況緊急，但我的手藝你是知道的，嘿嘿……」

「好，我知道了。向嵐，幫阿雲把『貴客』搬下來。」

項紀風一面說，一面從附近草叢裡摸出預藏的箱子，隨即獨自忙著拆卸。雖然這人在地面上裝得一副慈眉善目，但向嵐非常明白，他在地下系統棲身時，是個不苟言笑，說一不二，只要開口絕不說廢話的人。在行動開始之前對她的那幾句調笑，說不定這輩子都很難聽見第二次。

她明白項紀風的指示刻不容緩。於是趕緊打開車尾艙門，將身材乾瘦的男子拖出車外。

「貴客」有著白慘的膚色及消瘦的臉頰，深重的黑眼圈說明工作疲勞與睡眠不足同時存在，與膚質幾乎一樣色調的骯髒白大褂，就像他的臉色一樣青一塊白一塊，還遍布汙穢不堪、深淺不一的噁心黃漬。從歪歪斜斜掛在他臉上的厚重眼鏡片及穿著看來，這男人恐怕是個醉心研究，幾乎到了病態地步的研究員。然而她也沒有心思觀察更多一些，畢竟砍掉一隻左手掌足以讓他那戰功彪炳的「白」大褂處處腥紅，和他身上的不衛生相比，這絕對是更顯眼的問題。

項紀風組裝好預藏的搬運架之後，向嵐死拖活拉地和項紀風一起搬人上架，這時她才注意到林雲一直沒有從車上下來。

只見那位既果決又能幹，溫柔且強悍的私生人護理師，歪歪斜斜地倒在車廂裡。她大氣粗喘，全身棉軟，半閉的雙眼底，幾乎看不見她平日裡與向嵐輕鬆閒聊時閃過的慧黠光采。

「林姐很累嗎？」向嵐鑽進滿是血汙的後座，「我來扶妳。」

然而，當她用強化過臂力的義手往林雲的腰際一扶，濕潤黏糊的手感立刻漫過指尖。沾滿銀色義手的溫熱鮮血，隨著輕微的呻吟聲，正一股一股從手中癱軟的林雲腰際冒出來。

意識到車廂底不斷擴大的血泊並不只屬於研究員所有，向嵐失聲大喊：「林姐！」，但眼前這位雙眼漸漸無法對焦的女子，卻只能勉強擠出微笑。

「肝臟槍傷……」她氣若游絲地說道：「對我們這種……沒有全民健保的私生人而言，就算不是這麼重的傷也……」

「幹！妳不要說話啦！」向嵐氣急敗壞地罵著，但她壓住出血口的手卻抖得無法達成工作，「媽的！聽話啊！我的手！」

「沒有用的……」

林雲的微笑非常溫柔，她無力地抬起手，摸了摸向嵐的頭，「那位古梓成先生……就交給……妳和風……」

她的聲音越來越細，冰涼且沾滿鮮血的手重重落在車廂的血泊裡，濺起了美麗的紅色血花，就如同這座自然公園一樣不合時宜。

向嵐彎下身來，將吶喊擠壓在喉嚨裡，成爲尖而細、能擦出火花一般的懊惱氣音。林雲蒼白而放鬆的臉龐映在她擰緊的眼眉之間，變得模糊不清。她跪倒在血池，全身上下因緊繃而抖震，幾乎咬碎的牙齒在狹小車廂裡摩擦出聲，脆弱且瑣碎。

項紀風將名爲「古梓成」的男人放上擔架之後，只是默默地看著被後悔淹沒的向嵐。時間分秒而過，那位名叫林雲，曾經作爲私生人第一護理師的女人悄然無聲，如同諦聽者一般安詳而靜謐，如同安撫者一般慈祥而婉麗。而向嵐在無聲的懊喪裡放盡了力氣，最後帶著滿面的淚痕，艱難地退出車廂。

「好了嗎？那走吧。」

「幹你媽的！項紀風，你還算是人嗎！」

向嵐回身揪緊了男人的衣領，卻看見他傷殘的眼皮底下，竟然也流著淚水。

「怎麼？有事嗎？」項紀風的口音裡很顯然地漫上了酸楚，「妳想讓大家白死嗎？我們已經耽誤很多時間了。」

向嵐不笨。她雖然經常表現出衝動的樣子，但腦內理智的部分，卻一刻都不曾停止運作過。沒等項紀風下更多指示，她迅速脫下全身衣物，接過男人遞過來的特效洗劑，讓全身上下的血汙瞬間一掃而空。爾後換上乾淨裝束，同時也想給缺了手掌的古栓成換下染血的研究袍。

但古栓成的衣服卻像是死咬在身上一樣扯都扯不動，她根本無法想像這男人到底幾天沒有洗過衣服，甚至是洗過澡。無奈之下，他們也只得拖著這樣的邋遢鬼盡快展開行動。

如果自己沒有失誤的話，林雲和其他成員是否就不會死？他們有沒有可能還在這個沾血的車廂裡合作無間？然而從項紀風僅僅只準備兩套男人、兩套女人的替換衣物看來，至少有四個人是注定要在這個行動裡喪命的。

這行動有人會犧牲，但或許林雲真的是被自己的失誤害死的——帶著這樣的歉疚，向嵐完全止不住淚水。

「別哭了，就像妳們決定坐上安樂席一樣，我們也有決定自己生命終點的權力，不是嗎？」

在向嵐把簡單清潔過，去除生物資訊的衣褲扔進垃圾處理系統裡時，項紀風的話語飄散在魔幻的自然景致當中，雷走風切一般，切割著她的心靈，「什麼是最具意義的死？什麼能彰顯他者的生？」

「這種事情——」向嵐想要辯解些什麼，但事到如今，她卻從來不曾對自己的想法這麼沒有把握。

她忽然覺得想不起來自己爲什麼要坐上安樂席。

而似乎是看穿了這樣的躊躇，項紀風只是拍了拍她的肩。兩人於是一前一後，推著載運古桎成的擔架，一路避開自然公園的監視器鏡頭，往他們準備更換使用的車輛迂迴前進。途中，一直沒有出聲說話的枯瘦研究員，首次開口出聲問道：「你們剛剛……是不是講到『安樂席』？」

「對啦，講了又怎樣？」向嵐心緒混亂，面對古桎成虛弱的提問，焦躁感更是無以復加。

「我是相關人士，不……準確地說，安樂席候選人就是我負責選定的……」

就算是向嵐心頭再怎麼混亂，也絕對沒有聽漏古桎成如同夢話一般虛渺的自白，「等一下，幹你媽的，你再說一次？」

「兩個安樂席的正選人……」古桎成在急速移動的擔架上，沉痛地說道：「是我修改程式，故意做出的 BUG 啊……」

第七章 靈魂深處的果實

午後的斜陽透射入屋內，溫柔灑落在冰冷斗室之中。利小萌獨自在「安寧假期」的房間裡寫譜，看塵埃在陽光裡閃爍，然後將腦海裡的些許靈感，記錄在懸浮的五線譜上。

四分音符、八分音符；延音、泛音；複點與升降調記號。每當她在線上點出一個小蝌蚪，叮叮噹噹的數位音響就要出聲一下，提醒她現在記錄的這個音調，究竟是Do、Re、Mi還是Fa。

旋律在腦海裡彷彿雜亂無章，但總有幾個音符看上去特別雪亮。利小萌運用她自幼耳濡目染的音樂天賦，能夠準確撿出那些一閃而過的念想。但憑它們自由奔放，在無垠的思念裡翩然舞踏，她卻只要信手一捻，就能把最想要的那一個符號拓印在曲譜之上。

一切如同順水推舟，新曲信手拈來，得來似乎不費功夫。但總在某個念頭閃過腦海時，她譜曲的動作就非得叫停不可。

向嵐她好嗎？

她並不是沒有想過要直接問安執委這個問題，但是礙於自己已經是將死之身，若是要問起這些牽掛，會不會又橫生枝節，讓她失去安樂席的正選人資格？

若眞的如此，又會不會向嵐必須被找回來，頂替她的位置，坐上這個安樂席呢？

虛懸在空中的手指充滿著不確定，利小萌悠悠嘆了口氣，單手一拂，拍開了懸浮螢幕。

「請問『觀察官』在嗎？」

向虛空中探詢的結果，是一道溫柔女聲傳來，「我是岑仁美，利小姐有什麼需要嗎？」

然而良久之後，利小萌卻不知道該怎麼說出口。

只是因爲太安靜了而已——像這樣關於「排解寂寞」的需求，在一心求死的人身上，似乎並不算理由。然而聰慧的岑仁美似乎早已料準這一切，沒等利小萌說出口，玄關那裡已經有了動靜，隨後是在寢室門口，傳來有禮貌的聲音。

「我可以進去嗎？」

「請進。」

雖然是這陣子以來見慣的面孔，利小萌卻覺得，面前的岑仁美仍舊有著尚未剝落的面具。人戴著社交面具並不奇怪，但幾乎全身上下都替換成「魂造義體」的「岑姐」，越是深談，就越令人感到疏離。

彷彿每次挖掘到她的心靈，屬於「岑仁美」這個人的眞實部分就反而越推越遠。

那位將近九十歲的美人溫婉地坐到床沿，與利小萌肩併肩，兩人好一段時間都沒有說話。

「這樣好一點嗎？」她問道。

望著這樣的岑仁美，利小萌有些膽怯，「岑姐好像什麼都知道一樣。」

「我說過，妳和向小姐的互動，我們都透過中控看在眼裡。」她肯定地點了點頭，「也因此，我明白向小姐於妳而言，已經和別人有了不同的意義。證據就是，當我像她一樣與妳並肩坐著，妳的體溫會上升，心跳會略微加速，腦內啡的分泌也更加旺盛。」

「就某個意義上來說。」利小萌聞言苦笑道：「這觀察得可眞夠透徹的了。」

「還不就是健康管理晶片帶出來的數據？」岑仁美的笑容看起來更美了，「那些數據能透露出很多事，也有無法說明的事。比方說——靈魂的品質，就無法從觀測數據當中取得評鑑用的資訊。」

「這直接影響到夠不夠資格坐上安樂席，不是嗎？」利小萌黯然地低下頭，「就算『全民健保6.0』的晶片不能做到，塑魂儀不也可以做出檢定？要不然，我和向嵐是怎麼被選出來的？」

然而聽到這裡，岑仁美卻只是眨眨眼，笑了笑。

也許是因爲左登樓這個人太陰陽怪氣了，也可能因爲左登樓是個男人，所以貼身的安執委才換成了岑仁美。但認眞說來，岑仁美這位漂亮又高雅的老奶奶雖然已經分享過自身的部分創痛，整個人卻依舊透發著令人難以釋懷的神祕。

比起那個男人，眼前的人工美女，似乎更叫人費解。

執行這份送人前往死地的工作，肯定需要相當強大的心理素質。左登樓的意志是因爲父親、爲了愛國……那麼這位曾經犯下非法生殖罪的女子，又是爲了什麼，如此積極地在這樣的合帶國擔任公職呢？

「向嵐現在過得好嗎？」儘管腦海中對岑仁美個人充滿疑問，但利小萌不經意脫口而出的追問卻大出自己意料之外。

而岑仁美面對如此簡單的提問，表情卻是變得比起剛才更加意味深長。良久的沉默讓平常充滿耐心的利小萌也漸漸沉不住氣，她抿了抿嘴唇，尋思著還要怎麼問法才能撬開「岑姐」的金口時——

「在我回答妳之間，我想先問妳幾個問題。」

突如其來的請求，令利小萌本來亟欲脫口的話又給吞了回去，「岑姐請說。」

岑仁美從床沿起身，就著房裡唯一一扇對外窗，欣賞著外頭的寧靜街景。原本「安寧假期」應該座落在中央魂研院的院區內，但這次多了向嵐這個不確定因素，安樂席執行委員會才在左登樓的主導之下，另外選了這處略顯偏僻的獨棟別墅。

也因爲這樣，外面看起來與繁華市中心的喧囂程度有著天淵之別。在中控管理之下，顯得鳥語花香、綠草如茵的市郊美景，在利小萌的寢室窗外彷彿可以無限延伸向遠天，能夠看見地平線的遠景因爲慢慢進入冬日的安定空氣，看來平靜無波，如同是一張恆常不變的風景畫。

「妳爲什麼想坐上這個安樂席？」岑仁美問道：「或者更直接地說，妳爲什麼不想活？」

「這個問題問得……很妙啊，距離上座儀式只剩下不到兩週，岑姐怎麼這麼問？」

安樂席，是對全國年滿三十歲的國人廣泛招募的自願奉獻申請，是結束自己的生命，為延緩過度高齡化現象做出貢獻，並且讓自身靈魂透過魂磚製程，轉變成可燒魂燃料的特殊制度。為了再三確認是否確實願意主動捨棄生命，「安樂席執行委員會」針對個人身家背景及奉獻意願，都會進行極為審慎的評估。更別說，還得通過塑魂儀的檢測，才能選出唯一一席正選人。

換句話說，像這樣的問題，身為安執委首席的岑仁美是最不可能問出口的。

「岑姐為什麼這麼問呢？您應該是最清楚的才對吧。」

「表面上的理由，我們當然聽得很習慣。」岑仁美駐足窗前，背光的身影看上去有些黯然，「我想知道的是妳更深層的理由，是的，就像是向小姐一樣。」

對於向嵐的求死理由，利小萌知道的或許並不比安執委更多。但正當岑仁美以向嵐為例時，她卻立刻明白所謂的「表面」是什麼意思。

有些人也許會認為，高中時代被性侵，在歷經這麼久的時光之後，還能是什麼嚴重到必須一心求死的理由嗎？是的，普羅大眾不會知道，好不容易調整心態、準備獲致　份絕佳工作機會的向嵐，在公司面試時遇到曾經侵犯過自己的男人，必須承受多大的衝擊與恐慌。那些傷痕有沒有癒合？有沒有人曾經理解？這些深層的痛楚，作為局外人的他者，又怎麼可能分辨得清楚。

無論是物理，還是心理上，那些不在表面的、真正讓人難以跨越的深層傷痛，才是人們選擇坐上安樂席的原因。

「因為我無法原諒我自己吧。」利小萌於是斬釘截鐵地說：「同時，也無法放下那股憎恨……如果說這才是我選擇坐上安樂席的眞正理由，妳會相信嗎？」

彷彿是終於聽見自己想知道的眞相，岑仁美凝視窗外的秀美身形終於有了動靜。她回頭望著利小萌，那雙發亮的瞳孔底，有著此前從未見過的清波。

「繼續說。」

「我恨我的父親，也恨我的母親。」

雖然表情看似淡然，利小萌這麼說的同時，雙手卻在腰際握得死緊，就連她自己也沒有發現齊平的瀏海下，早已是秀眉深鎖。

「他執拗地追夢，是的，曾經也是我的夢。」顫抖的聲音裡，有著本應深埋的激烈情緒，「那樣的夢，只到母親病逝的那一天為止。之後，完全只是個詛咒。」

父親追夢，在能源戰爭後期，他的音樂還被發行過。尖端科技讓電子音樂的魅力被行銷到何止全國，甚至在世界上也曾經展露過些許鋒芒——但就在國家的一紙命令後，屬於音樂的桂冠被硬生生拔除，那些榮光一夕之間消失得無影無蹤。

但他不願意放棄，企圖以徹頭徹尾的堅持、過人的毅力，去對抗這個對電子樂器不友善的時代。堅忍與意志本該是種不可多得的珍貴特質，但在時代巨輪之前，也可以是螳臂擋車的愚行。

「那是一個有關於音樂的夢，在夢裡，我和父親以音樂立身，在專屬於我們的舞台上大放異彩。」利小萌吃力地說道：「甚至我也曾經和父親一樣，反抗過這個時代。」

「妳怎麼反抗？」岑仁美微笑著問道。

「我在高中社團成果展時，申請民謠吉他的自彈自唱，但上台以後偷接音響和效果器，抱著父親的電吉他速彈。」

岑仁美聞言笑歪了腰，甚至還拍了拍手，彷彿高嶺之花的岑首執眉開眼笑，利小萌倒還是第一次看到，「跟妳給人的印象根本不合，妳這麼叛逆的嗎？」

「最後是被學校老師七手八腳拉下台的。」利小萌揚起一邊嘴角，那笑容像極了本就十分具有攻擊性的向嵐，「但總之，這也都只是過去式。打從母親因過勞而過世之後，這世界的每一分、每一秒、一絲一毫，都在提醒我『不應該』繼續追夢。對的，就是不該像我那父親一樣。」

她還記得在病榻上，母親最後的樣子。那是對父親及女兒的不捨，也是期許。逝者的期待，會化為永恆的十字架，背負在生者身上，那個十字架促使父親不斷往音樂的火焰裡投身，直到粉身碎骨。

「所以妳放下電吉他，認眞唸書，專心考試。只花了區區數月準備，妳就考進教師甄試窄門，成爲預備教師的一份子？」

「是的，後面就像岑姐知道的一樣——在超高齡社會下，我這種人，只能乖乖準備做一輩子的流浪教師。而後那不負責任的父親被假冒經紀公司的人騙了好多錢，人間蒸發。討債的人三不五時就往我家門口聚集，最後我就在這裡。」

利小萌聳了聳肩，這才發現她捏緊的拳頭好不容易放了開來，掌心兀自有著被自己指甲掐過的凹痕。是的，她是恨父親的。如果不是因爲這該死的天賦，如果不是因爲父親的音樂眞的很迷人，如果不是因爲母親全心全意將生命獻給他們父女兩人的音樂夢，如果不是因爲這個超高齡化社會剝奪了正當工作的機會……

如果不是……如果……

「換句話說，只要有錢，只要你們的音樂還能繼續下去的話，妳就不想死了嗎？」

「別說那種蠢話了！」利小萌也不明白自己爲何大吼了起來，「電子音樂？有錢就能走上舞台？那樣的東西已經是詛咒，我怎麼會稀罕！」

「別再對自己說謊了吧。」

岑仁美的語調並不像利小萌那麼高亢，她沉靜、溫柔卻十分堅定，將短短的評論鍛造爲銳箭，筆直射進利小萌混沌的心底。那位被選定的安樂席正選人，流浪的代課老師、失去舞台的吉他手，只是粗喘著氣，瞪大了眼睛，一臉不可思議。

「妳看看妳的手，指尖那些厚繭……是放棄練琴的人該有的嗎？」岑仁美微闔雙眼，細細道來，「妳說妳恨父親，恨母親，卻又願意捨身登上安樂席，換取父親一生用之不盡的財富。這不是前後矛盾嗎？」

「那只是因爲我不再想要堅持下去了，這需要一個推動的理由，很愚蠢不是嗎？但就是需要。」利小萌顫抖的雙唇裡，依舊倔強否認著，「反抗時代趨勢什麼的，像這種不自量力的苦，就讓爸爸一個人去嚐嚐看……」

「那麼，妳爲什麼想念向嵐？妳爲什麼和向嵐在這裡擁抱，說妳們兩個都是大傻瓜？」想念？

這一個意料之外的詞彙，一下子讓利小萌閉上了嘴。

岑仁美一步步走向渾身僵硬的利小萌，引領她重新坐到床沿，兩個女人再一次比肩，「妳看起來柔弱、守禮，實則猛烈如火又狂放不羈。妳溫柔關心著每一個人，卻又像是金屬搖滾樂一樣，積極又有侵略性，主動深入別人的內心。妳是吉他手，從來不曾間斷過的練習造就了那雙騙不了人的雙手。而向嵐？她被妳的恣意妄爲摸清了全身上下，又全盤接受妳彈奏出來的聲音。」

在這個瞬間，利小萌感覺心底有某些極爲堅固且結實的防備，碎得再也拼不回來。

「向嵐全無保留地肯定了妳。」岑仁美輕拍利小萌抖顫的肩，「肯定了妳所背負的一切，包含電吉他，包含努力，包含恨，包含時代對妳的背棄，包含那些無法甩脫的十字架。」

「妳不要……再說了。」

「那些是愛，不是嗎？」岑仁美卻是完全沒打算放過，她將利小萌滿滿抱在懷裡，「妳知道母親愛著父親，愛著妳，所以她用自己的意志，走上了她的『安樂席』。別再說自己恨了吧，妳只是希望父母、希望世界、希望哪怕有一個人能贊同妳、陪伴妳，或者明白地說，希望再有一個人來愛妳，好挺過這一切，不是嗎？」

是寂寞，壓垮了一個始終堅強，外柔內剛的女子。

於是她變得軟弱、畏縮，她泣不成聲，在岑仁美的懷裡放聲大哭。

她是看起來無比堅定的當事人，卻在「安寧假期」裡第二次落下眼淚，而這一切，也讓岑仁美下定了一個決心。

「妳是我一直以來想找的人。」岑仁美的話語依舊輕細，卻也依舊在利小萌的心底擲地有聲，「利小萌，我也會把所有的自己都交給妳……從今以後，妳不用再自己一個人了。」

岑仁美留給利小萌一片在上個世紀才會使用的電子閱讀器。那是使用電子墨水技術的「電子紙」平板電腦，擁有在現代看來過於簡陋的通訊介面，以及並不十分靈敏的反應速度。

在這個動輒可以呼叫懸浮螢幕出來，利用擴增實境做到許多事的年代，表面不會發光的平板基本上就只是一個古董，即便是健康與舒適管理AI「中控」也不容易察覺。從那一天起，利小萌利用這片俗稱「電子紙」的古董電腦，利用手寫方式與岑仁美展開筆談。

她原本就經常利用紙筆與懸浮螢幕寫譜、寫文章，利用紙本書掩護，使用這份電子紙時，始終沒有引起其他安執委的注意。以原始科技避開尖端監視，過時的溝通機制，建立起兩人之間的祕密往來，就算是處事嚴謹的「安樂席執行委員會」，可能也始料未及。

「我們談過非法生殖的事。」岑仁美的手寫字在電子紙上浮現，「也談過這是我為政府工作的理由，原則上在我選擇『歸順』政府之後，國家表面上並沒有虧待我，生活算得優渥，在『安樂席執行委員會』擔任委員至今，我工作勤奮，親手執行每一次上座儀式。」

「我知道。」利小萌接著寫道：「安樂席上座儀式是全國最大盛事。每年光輝十月，在雙十國慶日的慶祝活動上，也都會同時進行奉獻英雄上座禮直播，在我有印象以來，岑姐妳總是在場。」

「對，我**總是**在場。」不知道爲什麼，「總是」兩個字看起來寫得特別用力，筆畫既深且厚，「我表現很好，甚至比引薦我進入魂研院擔任公職的登樓都好，因此過了幾年，我就和他平起平坐。」

「左先生叫妳學姐，但他其實比岑姐資深嗎？」利小萌驚訝地寫道：「他看起來是真心出於愛國和忠誠在做這份工作，贊同了妳的工作表現，稱呼妳為學姐，這不也挺會做人的嗎？」

「是，我承認他是公僕典範，但我也明白他不是真心服我，所以我從不接受他叫的那聲學姐……」岑仁美的字跡開始顯得有些顫抖，「但談做人嗎？**他不配！**」

竟然是驚嘆號。

特粗的字體，以及與她外型相當不匹配的巨大驚嘆號，佔據了電子紙上大部分的空間，利小萌不禁在心底小小驚呼了一聲，「岑姐似乎並不喜歡左先生？」

「我說過，我也會把一切告訴妳。」

字跡裡的顫抖比之前更多了些，看得出來動搖劇烈。然而，等待了大概三分鐘的時間，電子紙上的文字卻沒有進一步增加。

會是在忙嗎？正當利小萌這麼想的時候——

「說是『引薦』並不正確，其實，我是被左登樓逼著進入魂研院工作的。沒錯，直屬魂研院的安執委在國慶日前後是『安樂席執行委員』，但在其他時候，我們擔任魂研院執法人員『狩魂員』。這個職位在表面上並不存在，做的正是取締非法生殖、逮捕私生人的事。妳記得我們聊過私生人及非法生殖犯，只有生死兩種選項嗎？」

「我記得。」利小萌字字堅決地寫道。

「名義上已被判死的人，其實全都被抽出靈魂，做成魂磚，成了備用能源及魂造義體材料。」

看到這裡，利小萌只覺一股酸液從喉嚨滿上，差一點就要吐出來。而她幾乎不敢相信，接下來岑仁美以極慢速度，一個字一個字寫出來的沉痛眞相——

「我被迫在魂研院就職，親手抽出的第一個靈魂，就屬於我先生。而安排這一切的不是別人，就是左登樓！」

好不容易回到深藏於都會地下的老汙水處理廠，向嵐滿身疲憊，枯守在單人牢房外。約有十層樓高的大空洞當中，私生人們與無法回歸社會的地上人一如往常，在七彩繽紛的冷光照射之下勁歌熱舞、享用熱氣蒸騰的食物。

鏽成暗紅色的大平台上，人聲喧嘩，充滿生氣，彷彿一年到頭都能這麼吵鬧。

數十條水瀑仍舊從高遠處落下，「抽薪者」協助建造的水力發電機轉輪，在巨大衝擊力道下快速運轉。水力發電帶來的潔淨能源，讓私生人們在地底下擁有一個不受「能源危機」威脅的小世界。外頭因爲石油枯竭、爭奪地熱而引發的種種問題，彷彿與他們全無關聯。

國與國之間因爲能源而衍生的種種鬥爭、魂體科技引發的新一波超高齡化危機……問題之大，或許是每個人類都無法置身事外的課題。放眼所及，在人類主導的世界裡，處處是因科技發展，以及人口過多而生的衝擊與無奈。

叫人難以接受的利害權謀殃及全世界，但對個人而言太過宏觀，黎民百姓人微言輕，或許根本關心不起。然而就算微觀一些，只關注在個人志業與興趣上，也有像是各種電子樂器被斥爲浪費之類的文化認同問題。

想到這裡，向嵐不禁悠悠嘆了口氣。望著在大平台上演奏電吉他、主控鍵盤等電子樂器的搖滾樂團，她眞希望能讓利小萌也見識一下這個景象。

「幹，要是小萌的話，吉他應該彈得比下面那個人還屌。」

「說得沒錯，我也這麼認爲。」

正當向嵐沉浸在自己的思緒當中時，單人牢房的鏽色鐵門「吱嘎」一聲推開，項紀風用他那沙啞的嗓子，提出無庸置疑的贊同。儘管是兩人頭一次有相同的結論，從認識以來就令人無法捉摸的「抽薪者」領袖竟然大方贊成這件事，卻讓向嵐心底有點不是滋味。

她心底那位彷彿一碰就碎，實則堅強得令人驚嘆的室友利小萌，她演奏起電吉他有多厲害，應該是專屬於向嵐的小小回憶。出於這樣的獨佔欲，向嵐回身面向項紀風，「啥潲，你又不認識小萌……」

「但、但是，我我認識、認識她——」

畏首畏尾、結結巴巴，語調輕細又充滿膽怯的坦白，讓向嵐又　次震驚不已，止因爲說這話的人，竟是他們千辛萬苦救回來的研究員古桎成。

向嵐渾身刺青，身材高眺，外表看上去鋒芒畢露，那雙不可置信的眼神只是一瞪，古桎成立刻將脖子與肩膀縮得跟烏龜似的，樣子窩囊至極。

但向嵐沒有衝著他發脾氣，相反地深深嘆了口氣，趨前扶住這位身板羸弱的枯瘦男人，「喂，姓項的，你是不是有習慣把剛動完手術的人直接拖出來啊？我那時候也是，這隻黃猴子也是，你他媽還有點人性沒有？」

「呵，要不是這個魂研院士對我們有用，我連他的小命都不想留。」

項紀風的口吻雖然輕快，但向嵐卻明白裡面沒有絲毫玩笑成分。除此之外，她也知道自己沒有聽漏「魂研院」三個字。

中央魂體研究院——海島國家合帶最重要的科技研究中心，自從轉型爲魂體研究所之後，不但完成「魂磚」製程，也促成「燒魂」這項劃時代能源轉換機制，可以說如果沒有魂研院，就沒有「安樂席」，也沒有合帶國至今數十年的榮景。

向嵐更是沒有忘記，當他們準備把古桎成帶回總部時，這位魂研院士確實說過，今年之所以會選出兩位安樂席候選人，正是因爲他弄的 BUG。

「喂，這倒是讓我想起來了。」向嵐冷冷地望向男人，「你說這一切是你造成的吧，你是什麼玩意？有多大的權限？」

「咿！」發出如同少女一般尖細的叫聲後，古桎成整個人縮在項紀風背後，一隻肉色、一隻銀色手掌蓋在臉上，那魂造義體看上去跟向嵐一樣是第二世代 Gen2 義體。

「這種態度，我差不多也覺得煩了。」項紀風笑著將古桎成拎了起來，力氣之大，叫人難以置信。

沒有移植魂造義體的人，能有這麼大的力氣，或許聞所未聞，但當他單手將如同風中飄絮的古桎成懸在搖搖欲墜的生鏽扶手外時，狀況可就有些失控了。男人的尖叫變成了慘叫，這會兒還混雜了向嵐的怒罵。

「項紀風你搞屁啊！」她將古桎成像塊破布一樣從這位大漢手中搶過，換來項紀風一臉冷漠。

「他和其他的魂研院士同罪，要不是他們的研究，今天不會有『狩魂員』的存在，我們私生人也不會成爲地上人的嘴上肉……」

「很抱歉，我很抱歉！可以了嗎！」

一陣尿騷味傳來，向嵐這才發現手上拽著的黃猴子竟然當場失禁。她不禁苦笑起來……如果每個男人都像古桎成這樣的話，她或許不會對大部分的男人那麼警戒。

「我單純是個研究者！我對知識有渴求，我對學問有渴望！我父親曾經是中央魂研院的首席研究員，燒魂器和塑魂儀，都是他親手打造的！放眼這世界，絕對不會有第二個人比我更熟悉父親的魂體研究！」

古桎成一反之前的怯懦，彷彿全豁出去了，用前所未有的宏亮聲音大喊著：「我喜歡這份工作！我尊敬爸爸的成果！儘管他後來從第一線退下之後精神變得不正常，我還是拼命考上了理想的科系，為他重掌塑魂與燒魂程序……」

「結果卻發現，父親被官方公開的研究成果一半眞，一半假，是不是？」

聽見項紀風的揶揄，古桎成擰緊了整張臉，低頭發出如同野獸怒吼般的哀鳴。

「喂，項紀風，你別這樣子。每個人都有自己的偶像和信仰，幹你媽的，就算我也是一樣我告訴你。我不知道你老爸老母是誰，但你也一定——」

「不，項先生說得對！」古桎成幾乎是用一輩子能用上的最大音量吼道：「抽取靈魂是眞的，能產生的能量數據卻是假的！一個成年人的靈魂，根本不能提供全國上下一整年的能源供應，頂多只能撐十幾天而已啊！」

古桎成的吶喊在上世紀末的廢水處理廠中迴盪不已，他對燒魂科技的自白，也像這陣迴響一樣反覆撞擊著向嵐的胸膛。她能感受到聽見這段話時，心中有某些東西破裂，並零星散落的聲音。

那是信賴崩毀的聲響，是日常被撕裂的證明，也是心底無由而生的怒火應當依附的柴薪。

一切都對得上了——向嵐回想項紀風與她說過的「狩獵私生人」話題。當時，她唯一想不明白的部分，就是狩獵的必要性。說是專門逮捕非法生殖犯，效率就太差了；說是用來補充燃料，那數量就太多了。合帶國表面上舉辦與國慶日一起辦理的「安樂席上座儀式」，打造奉獻英雄的形象，謊稱以一人之力就能帶給國家一年的供應，這一切的一切，都是為了編織國家安定的神話。

強人使習慣被帶領的人民過得安詳，得以不用思考，得以不用為時代的巨變過於驚慌。透過「英雄」一詞型塑的神話，讓羔羊們感到有所倚仗，透過「安樂席」的幻想，人民在和平的夢境裡，讓自我不斷膨脹。

於是他們麻木地看著示威，麻木地參與網路此起彼落的筆仗，麻木地出生、延命，並接納被核准的死亡。他們永遠不知道，有些人自己選擇了生命與靈魂的使用方法，有些人自願付出代價，去撫平幽深的傷。

甚至，有些人正在為決策流血，有些人化為燒魂過後的靈魂殘渣。在繁華都會的陰影之下，那些痛楚如同靜夜的呢喃，容易被遺忘。

想到這裡，向嵐不禁問道：「安樂席到底算什麼？」

「那是一場盛大且必要的演出。」項紀風揚起一邊嘴角，「精心策劃的謊言，要怎樣才能讓人相信？向嵐妳接過許多企業行銷專案，應該明白其中的道理才對。」

「……行銷最重要的不是產品真的贏別人多少，而是讓受眾相信多少。」向嵐抿了抿嘴，無奈地說道：「請你說那是包裝，別說是謊言好嗎？包裝最重要的部分，是要有部分真實……」

「才容易讓人上當。」

接話的是仍舊在發抖的古桎成，他立刻把話題又拉回「謊言」這一端，向嵐與項紀風先是同時望向他，而後面面相覷。

也是在這個時候，他們才發現大空洞裡的音樂已經停止，似乎是注意到在十樓高的單人牢房這裡有騷動，除了瀑布聲外，能聽見的只剩鋼鐵大平台上議論紛紛的人聲。耳語在幽深的老舊設施裡引發共鳴，疑慮、驚徨與猜想將向嵐等三人團團包圍，也讓三人之間的對話戛然而止。

同一時間，有人正上氣不接下氣地爬上樓梯，從一樓大平台處直奔十樓，讓來者整個人氣喘吁吁。仔細一看，那人不正是這段時間以來在中央大平台上演奏電音的吉他手嗎？

「利澤。」項紀風甚有威嚴的語調，喊出了對方的名字，「你聽到了？」

「我、我可是……專業的、音樂人……再吵我都聽得到，那些音樂以外的雜音。」這位名叫利澤，體力看來不太好的吉他手年紀約莫與項紀風相仿，或甚至更年長一些，「這男的是安樂席的主持人？」

「不是主持人，但安樂席沒了他，日後的燒魂就得成問題。」項紀風冷笑著說：「上座儀式也就會變成笑話一場。」

「不管怎麼樣，總之是有很大關係就對了！」利澤雙腿一軟，在單人牢房前雙膝一跪，「求你們，救救我的女兒利小萌吧！」

突如其來的自白，不單嚇壞了向嵐，也讓古桎成目瞪口呆。

「你、你你……」向嵐望著眼前留著油膩長髮、衣衫破爛、牛仔褲上的汙漬和古桎成的「黃大褂」相比毫不遜色的邋遢男子，「你說……呃，您是——」

「利澤，我知道你女兒申請了安樂席。」項紀風一把將古桎戍推進牢房裡，望向利澤的眼神銳利得能殺死人，「但很抱歉，我們早有計畫，要等『值得信賴的友人』把安樂席內部消息傳給我們以後才行動。」

「我眞不敢相信，你竟然什麼都不跟我說。」利澤咬牙切齒地說道：「項兒，我非常感謝你爲我做的一切，包含去除晶片、移植最好的義手，讓我在這裡盡情展現我的音樂……甚至還讓我使用寶貴電力來演奏電吉他，這一切無論再多感謝都不夠。但是……我的女兒申請坐上安樂席？這種事，您怎麼可以不告訴我？」

項紀風哼地一聲，「你被僞裝成經紀公司的詐騙集團搞得了然一身，最後被我們撿到，只是這樣而已。私生人對失去一切的人不會棄之不顧，從來沒有少收過你這種人，相對的，你對我們抽薪者來講，或許不是籌碼也不是戰力，你並不特別，你什麼也不是。」

「欸幹，等等，這我不能當作沒聽到喔。利先生，你離家出走，有想過小萌的心情嗎？」聽到這裡，向嵐也是握緊了拳頭，「小萌她是帶著怎樣的絕望走向安樂席？事到如今才裝一副父親的樣子，媽的咧！」

聽見向嵐對自己女兒的稱謂，利澤瞠目結舌地問道：「這、這位小姐，妳認識我女兒？」

「因爲裡面那個智障眼鏡仔的關係，我和你女兒今年一起變成安樂席候選人啦。」向嵐皺著眉頭，不耐煩地答道：「幹他媽的，亂七八糟。」

「呃呃呃呃……」利澤看古桎成艱難地從地上爬起來，高聲喊道：「魂研院的先生？你爲什麼要選我女兒？你告訴我啊！」

「並不是我想選，是塑魂器的檢驗程式選了利小萌啊，利伯父！」古桎成在牢房裡的大喊，一瞬間讓項紀風瞪大了眼睛。

「都閉嘴。」

項紀風陰冷的命令，讓現場三人都不禁打了個寒顫。那話語之中，有著不容違抗的威嚴，還帶著足以讓周遭溫度下降至冰點的壓迫。

他轉頭，扔下在走道上詫異萬分的向嵐與利澤，由上而下俯視著古桎成。

「你再說一次，你是怎麼叫利澤的？」

「我從小就喊他利伯父……」古桎成怯生生地答道：「我家和利家從小是鄰居，父親和母親的工作很忙，我常被寄在小萌他們家……」

「什麼？所以你是阿成？」聽到古桎成的自白，利澤那張大的嘴巴差點合不起來，「那個陰沉鬼成成？」

「是、是我，伯父。」被用綽號這麼叫的古桎成，竟是露出了靦腆的笑容，就像他如今仍是個孩子，「那時候，我老是被小萌拉著聽您演奏吉他，她無論在學校或家裡都是小霸王……呃呃呃不說這個，我想說的是，我怎麼可能故意讓小萌變成安樂席候選人？這根本就不是我能決定的事情，我只是負責設定系統而已！」

在資訊工作上擁有專業背景的向嵐聞言，不禁拉下了臉，「我瞭解了，你只是拿到申請人名單，負責從裡面抽出正選人吧。」

「並不是這麼輕描淡寫的工作。」古桎成收起笑容，換上一副格外認眞的神情，「妳也是候選人，應該聽過七十二道檢驗程序吧？道理很簡單，這可是針對奉獻英雄的燒魂，在眾多申請人當中，必須要點出能做出最佳魂磚的人選。七十二道手續當中，首先第一環是『六識檢測』，被檢驗人需要有相對端正的——」

講起自身的靈魂研究工作，古桎成自信且專業，雙眼炯炯有神，那眼底的星火幾乎能夠洞穿厚重且刮花的眼鏡片，在面前升起熊熊烈焰。但周遭一干人等當然沒有讓他發表長篇大論的閒暇，首先發難的不是別人，就是被他點名的向嵐，「你講的公開資料我都知道，你眞以為『超級接案工程師』只是他媽的頭銜而已嗎？」

「不是嗎？」項紀風驚訝地望著向嵐，迎來她冷淡的瞪視。

「幹，項紀風你這個地底人，井底之蛙講的就是你，老子年薪可是輾壓『陰沉鬼成成』我告訴你，而且我不是只有涉獵魂體研究資料，我他媽什麼都能做。」向嵐哼地一聲，「總之別再屁了，我就算了，誰要知道你的狗屁七十二道程序是什麼鬼？給我把重點濃縮在十個字以內，你這個腦袋只有數字和公式的白癡院士。」

「簡、簡單來說……」古梓成嚇得低頭用兩隻手計算起字數，小心翼翼地開口道：「會選到利小萌我也很意外。」

「這樣是十一個字啊！幹你個廢物，連數有幾個字都會數錯，難怪會把小萌這麼好的人選上安樂席啊，你給我現在立刻馬上去死喔！」

向嵐暴跳如雷，之所以沒有立刻衝上前去把古梓成揍個半死，全是因為項紀風單手將她架住，無論如何也動彈不得。

「我知道她最好啊，我怎麼可能不知道！」古梓成恨恨地咬著牙，「所以從這名字被左首執、岑首執知道的那一天起，我就開始對機器動手腳了！」

就像是他不久之前講的一樣，利用 BUG 新增了另一個正選人——向嵐在心底一面想，一面痛罵著各種極為難聽的髒話。

利小萌擁有最純粹、品質最為上佳的靈魂，那肯定是她溫柔、正直、勇敢且不畏奉獻的慈愛所致。七十二道檢驗總共需要進行三次，才能在程序上確認安樂席的正選人正確無誤，想必古梓成就是在第二、第三次檢驗裡動了手腳，才讓向嵐與利小萌在「安寧假期」裡見到了面。

正千頭萬緒之際，將向嵐架住的項紀風問道：「然而，正選人不是『換一個』，而是『多了一個』，精於調校機器的你，不應該會犯這種錯才對，我說得沒錯吧？」

「咦？對啊，我也是這樣想的。」古桎成爲難地搔了搔頭，「當天晚上，我在對塑魂儀導入 BUG 時，確實是設定成『選另一個人』才對，但我也不知道爲什麼到了第二天，結果會變成『兩個人』……」

聽到這裡，項紀風忽然鬆開了向嵐，害她難堪地在地上摔了一個狗吃屎。他將傷痕累累的手指啣在嘴唇上，沉吟一陣之後，忽然圓睜他那因受傷而難以開閉的眼睛。

「原來如此……我知道了。」

「靠北啊，知道什麼？」向嵐艱難地從地上爬起，摸了摸因爲直接撞上地面而發紅的臉頰。

「我知道『值得信賴的友人』究竟打算透過古桎成傳給我什麼消息，也知道很快就要出事了。」

聽完項紀風的預言，向嵐、利澤與古桎成三人面面相覷，都是摸不清這位高瞻遠矚的「抽薪者」領袖究竟爲何如此胸有成竹。然而，確實就像是神祕的預言一般，遠處傳來斷斷續續的氣笛音，在一度安靜下來的廢棄汙水處理廠大空洞裡顯得格外清亮。

在此同時，有騷動開始由遠而近，如同水波紋一般擴散開來。

雖然腳步聲此起彼落，卻少有人聲，這陣對向嵐而言是異常事件的聲響，對於抽薪者以及他們庇護的私生人而言，卻彷彿只是一個尋常的警告。她就著欄杆往下一看，本來還在鏽色大平台上狂歡的人群有秩序地散去，周遭由廢鐵及塑膠棚架搭建而成的簡易攤販被翻倒之後，陸續架上了機槍、堆起了沙袋，竟是一座座井然有序的防禦工事。

無論賣東西或買東西的私生人，本來在大水池畔享受生活的男男女女，都從腰帶上、外套裡，甚至是裙子底或胸罩之間，抄出手槍或各種緊緻型槍械。他們快速走上有十層樓高的大空洞立體空間，紀律嚴明，毫不含糊。

就連利澤，也在聽見氣笛音之後從身上抽出兩把尺寸不小的手槍。他將其中一把扔給向嵐，而項紀風則是從懷裡掏出一條尺寸較窄的S腰帶與槍套幫她繫上。

「妳來沒有多久，所以不清楚撤退時要從十樓走。」項紀風似乎沒有打算解釋的意思，「妳如果夠聰明的話，就會知道現在這個時候沒有別的選擇，妳只能跟上我的腳步，不要被落下，明白了沒有？」

「怎麼可能明白啊！」

儘管聰明絕頂，但沒有溝通過的行動，不知道的當然就是不知道。向嵐很不想對現況有所懷疑，但從她的觀察當中還是可以明白——抽薪者正準備放棄這個似乎生活好一陣子的據點。

「沒什麼，就是狩魂部隊要來了，所以我們得離開這個地方才行。」項紀風揚起一邊嘴角，那張傷痕累累的臉上帶著不懷好意的笑，「還有，根據我的判斷，行動的時機應該就在這幾天了。」

「什麼？」向嵐一面跟著項紀風等人跑起來，一面大聲問道：「什麼行動？怎麼回事？」

「安樂席上座儀式應該要提前了，狩魂部隊來襲是『友人』最強而有力的信號。」項紀風口氣裡甚至還有些興奮，「那個儀式知道吧？我們要摧毀它，就是這樣。」

第八章　血脈刻印的誓言

在安寧假期，利小萌與岑仁美展開筆談不過數日，便達成了諸多共識。

三十歲是個微妙的人生分水嶺，即便到了平均壽命足足有一百二十歲的當代，超過三十歲無法穩定自身生命風景的人，就很難在社會上保有一份安定的地位，也無法輕鬆定義自身在一個體制框架下的角色。

這樣的人，應該會在行爲與邏輯上展現出混亂及迷惘，但自願走上安樂席的利小萌卻不是如此。

對岑仁美而言，她不曾見過像這樣態度果決且思緒清晰的安樂席正選人，利小萌彷彿到了生命最後一刻，依舊充滿活力、展現著巨大能量。

分明是自願走上死亡之路的女性，在她身上卻看得見更多可能性。利小萌的人生應該還有許多分歧點，往「未來」的方向展望，所見之處光彩斑斕。關於音樂、關於教育、關於愛、關於對父親的敬與恨……她的生命擁有如此厚度，下決定的速度卻甚至讓走過將近一世紀的岑仁美感到追之不及。

一個女人，明明是如此特別，卻因爲沒有做出社會意義上的正確選擇，生活就必須寸步難行。體制與文明，到底對充滿心願的年輕人做了什麼？

已然年近九十的她，不可自控地想像過——如果走下安樂席，如今的利小萌，肯定能走出與此前完全不同的生命風貌……懷惴著這樣的心思，岑仁美與她筆談多時，全盤托出她的計畫。

她打算帶著利小萌潛逃，逃離這個根本不是英雄也能坐上的虛僞王座。這麼一來，安樂席執行委員會在上座儀式那一天將會開天窗，全國直播的上座現場，也將變成一場笑話。

在計劃當中，令直播出問題，激起群眾的不信賴，呼應反燒魂黨人的行動，是當天最好的情境……

「所以說，登樓，利小姐，你們這樣是什麼意思？」

在安寧假期別墅，理當是一如往常的探視行程，今天卻並非如此「安寧」。在左登樓的帶領之下，一眾持槍安執委團團包圍岑仁美，將她按倒在地。

「學姐啊，您幾十年來爲國家貢獻了不只一點點，但您知道嗎？」左登樓如同演大戲一般，中氣十足且高亢的說話聲在房裡響徹，「叛國者，常常也都曾經是看起來忠心耿耿的人，從上個世紀以來就是如此啊。」

左登樓原本就與岑仁美不對頭，但她絕對不是省油的燈，否則也不可能在政府最機要、最隱密、最核心的服務單位裡身居高位。無論她運作過什麼，從來沒有被她最大的仇人左登樓妨礙過。

彷彿千算萬算不如天算，如今岑仁美雙手被低階安執委壓制，呈T字型躺在家具傾倒的客廳裡，眼角餘光確實看見利小萌與左登樓等人站在一起。

而那片「電子閱讀器」，也就是兩個女人祕密筆談用的東西，就捏在左登樓手裡。

「岑姐妳平常都會記得把字跡擦掉吧。」利小萌淡淡地說道：「唯獨這次列出行動計畫時，沒有擦掉筆跡。」

「所以妳抓準了機會，告發了我。」

岑仁美躺在地上，閉上她睫毛秀麗的明媚雙眼，深深嘆了口氣。

「學姐妳根本不了解我的當事人。」左登樓的笑容顯而易見，他笑得很開、笑得很篤定，露齒而笑的神情就像是飢餓的鱷魚一般危險且極富侵略性，「早在禮車上，我就已經摸清楚她的爲人了。堅定！果決！愛國而且志向高潔……啊……多麼美麗。」

見他一面說，一面興奮地全身顫抖，利小萌抿起了嘴唇，臉上淚痕兀自未乾，「向嵐離開以後，左首執也與我深談過一次，我們確實很容易互相理解。」

「就是啊，就是！」左登樓哈哈大笑著說：「和虛僞的學姐不同，我可是非常誠懇的唷！哈哈哈哈，學姐啊，那天在安寧假期裡，我的當事人問妳向嵐過得好不好，妳不是講了自己的過去，顧左右而言他，就是不說眞話嗎？」

岑仁美睜開雙眼，望向得意洋洋的左登樓，面上滿是苦澀。

「妳就不願意告訴她，向嵐已經死了嘛。她離開安寧假期之後沒有多久，就被暴徒所殺，她的死亡訊息老早透過全民健保6.0傳到伺服器。我們中央魂研院當然也派員前往調查這一起未經核准的非法死亡……結果猜猜怎麼回事？那些暴徒不但殺了她還辱屍呢，現場支離破碎的手啊腿的……被玩過的殘缺軀幹，經掃瞄晶片比對都是向小姐所有啊，那全身上下的刺青，也眞夠招搖啊。」

沒等左登樓說完，利小萌已經癱軟下去，若不是兩旁的低階安執委攙扶，她說不定會因爲再度失聲痛哭而昏厥。

「學姐，妳不只是劊子手，還是殘忍無比的騙子。」左登樓豎起一根食指，左右搖晃著，「嘖嘖嘖，人啊，最重要的就是誠心啊。」

「小萌，妳聽聽我的解釋。」岑仁美也不掙扎，語調平穩地像是一切混亂都不存在，「我與妳交心，是因爲我信賴妳。我們彼此交付了最深處的祕密與傷痕，妳應該可以明白我才對。我之所以隱瞞向嵐的死，只是因爲我明白現在的妳不需要……」

利小萌頭也不抬，低垂的臉龐看不出神情，只有淚滴頻頻落地，「妳以爲妳已經很瞭解我了，但並不是。」她抽泣的語調，就像是已經拼不回原狀的心一樣零碎，「妳們是安執委，你們應該都看在眼裡……向嵐對現在的我多重要？她不應該落得那樣的下場……」

「別被登樓帶走妳的思緒。」岑仁美略微提高了聲量，「他是個怎樣的男人？一個眞正的愛國者，會用犧牲國民的方式來迴避該面對的問題嗎？一個正常的國家，會逼人親手燒掉自己的丈夫嗎？那並不是愛國者，而是泯滅人性，藉由將別人送上斷頭臺，提高自己身分地位的眞正劊子手。利小萌，妳不可以被這樣的男人給打動。」

「說得比我用唱得還好聽啊學姐！」左登樓緊緊抱著自己的雙臂，扭動著、發抖著，「啊……眞好聽，這就是犯罪者的本質嗎？連說謊的時候都這麼好聽，嗯嗯！」

他一面說，一面誇張地仰起頭來，笑得誇張無比。包含岑仁美在內，一眾安執委對於左登樓的這種怪異行徑早已見怪不怪，而利小萌似乎沉浸在無邊無際的憂傷之中，對於左登樓的乖張，更是毫無反應。

然而，當他拿出手槍指著被按在地上的岑仁美時，狀況可就不一樣了。

「左首執！」安執委當中有人發出慘叫，「你知道不能這樣子的！」

左登樓那張笑容盡失的臉龐上，彷彿沒有半分遲疑。保險已是開啓狀態，揭示危險性的紅色標誌，正昭顯在他的槍身上。有力的食指早已扣進扳機護弓之中，只需要簡簡單單一個動作，躺在地上的岑仁美就將在臉上多一個血洞。

氣氛變得格外劍拔弩張，而就在此時，本來渾身癱軟的利小萌奮力掙脫身旁的攙扶者，她跌跌撞撞，滿面淚痕地爬到岑仁美與左登樓之間，以跪姿大大張開了雙臂。

「左首執，你不應該這樣做。」利小萌哭腫著雙眼，話語裡依舊帶著哽咽，態度卻無比堅決，「你如果還有身爲國家公僕的自覺，就請你把體制貫徹到最後。」

有差不多快二十秒的時間，那紋風不動的槍身依舊指著相同的方向，哪怕利小萌的胸口就擋在槍管前，只有一旁慌亂的低階安執委能說明時間並沒有被暫停。

兩人的視線在半空中彷彿能撞出火花，但這份不對等的對峙，還是在左登樓放下槍的同時終結，「妳果然是個老師。」

「我確實是老師。」利小萌沒有能夠站起身的力量，但她也沒有放下發著抖的雙臂，「你自詡爲愛國者，而做老師的人卻眼睜睜看著你玷汙自己的信念，那就是一種失職。」

「是。」左登樓將槍收進自己的外套裡，捏了捏眉心，「我有點亂了，我這修行還不夠啊……嘿嘿嘿。」

岑仁美仰躺在地，越過利小萌的背影，看得見左登樓的志得意滿。他高高揚起嘴角的樣子並不難以理解，畢竟數十年前，邀請岑仁美進入安執委，並要她親手殺死摯愛之人的就是那個男人。打從心底對體制的效忠，使得他對其他人嚴重缺乏平常心與同理心，而岑仁美沒有因爲泯滅人性的懲罰而失去自我，相反地還做得越來越好，甚至同列首席，與左登樓平起平坐……

作爲一個因體制和民族而活的高階公務員，和犯罪者同列首席，他怎麼可能忍得了？

情況看來絕望無比，然而，當岑仁美被拉起來時，望著利小萌始終未回頭的背影，卻流露出微笑。

「岑首……妳怎麼了？」一旁的安執委不解地問。

「沒什麼。」那笑容一閃而逝，幾乎讓那位發問的安執委以爲是自己的錯覺。

而當岑仁美被戒護離開安寧假期時，利小萌也被左登樓扶了起來。高大且衣著端正的首席安執委面帶自信的笑容說道：「妳做得很美。」

「我第一次聽到這種形容方式。」利小萌接過手帕擦乾了眼淚，「現在，我只希望一切可以趕快結束，很累……眞的很累了。」

「我明白。」左登樓皺緊了眉，搖頭嘆息道：「妳知道嗎？我也反對過延後執行上座儀式，但大家都低估妳的信心和果決，妳知道嗎？我早知道妳想要坐上安樂席的心情有多麼懇切。爲國爲民之心，那是急如星火啊急如星火！」

回到那像是唱歌一樣的語調，左登樓手舞足蹈著，看起來比現場任何一個人都還要激動。然而，那究竟是剷除背叛者的狂喜，還是準備著手奉獻儀式所帶來的榮光，也就不得而知了。

失控的情緒如同有著切換開關一般收放自如，那名叫左登樓的男人笑過、唱過，爾後紳士般伸出手，攙著利小萌往大門移動。那雙義手如同眞正的手掌一般溫熱，那力道卻讓利小萌感到有些膽寒。根據岑仁美的說法，兩位首席安執委全身九成以上都已換成魂造義體，這也意味著，藉由非凡的魂體科技，他們的身體與其他安執委一樣都是強化過的。

那雙帶有編號的義手，無論溫度再眞，都並不屬於左登樓本人。

藉由他人的靈魂，打造出一身軀殼——利小萌不禁想，這樣了真的算是「活著」嗎？住在那借來的肉體裡，還能保證是自己的靈魂嗎？左登樓時而如痴如狂，那些與生父相關的過往，會不會只是某一縷魂魄的念想？

「利小萌小姐，我們出發。」沒有時間容得她細想，左登樓說道：「事不宜遲，明天就帶妳上座，安心將靈魂奉獻給偉大的合帶國吧。」

槍聲逐漸遠離。

水氣裡有著難聞的霉味，項紀風帶著向嵐等人搭乘預先安排在逃生路線的電動穿梭機上，讓帶有陳腐氣味的空氣不斷向後飛掠。穿梭機懸浮在狹窄通道之中，與地面、牆壁幾度接觸，發出斷斷續續的金屬摩擦聲，如同黑暗裡的尖嘯，將廢水處理廠區發生的交戰聲拋諸腦後。

絕大多數的私生人居民與「抽薪者」核心成員都上了這一列電動穿梭機，它就如同貼地飛行的捷運車廂，差別只在於，穿梭機並非封閉設計，乘客必須戴著防護面具，才不至於呼吸困難。

面具的呼吸過濾器並不算非常乾淨，霉味間歇傳來，向嵐卻並沒有太多心思抱怨。她知道狀況特殊，不論抽薪者還是地下世界的居民全都荷槍實彈，或許意味著此行絕對不簡單。

乾涸的地下水道開始有少量的淤積，在歷經無數個猶如乘坐雲霄飛車的顛簸與拋甩之後，胃酸翻攪不已的同時，能看見遠方有亮光逐漸逼近——

於是，穿梭機如同破開水膜的飛魚一般從地下系統裡飛躍而出，隨後重重落地，在地面刮擦出巨大深溝之後，才好不容易停了下來，震得向嵐頭昏眼花。

在漫天飛沙走石消散之際，她抹去面具上的髒汙，從刮痕之間看出去，是一片藍天白雲及鬱鬱的草地，遠方甚至還能看見模樣甚爲原始的樹林，不知是城市郊外哪一處的野地。

「大家都沒事嗎？」向嵐透過對講機問出這句話時很心虛，因爲她萬分明白，有些人將永遠地消失。

否則，緊急動身離開之前，怎麼會聽見槍聲？

「不、不能算沒事，但也還好。」不遠處摔得摔得四腳朝天的古桎成微弱地報著平安，「腦袋撞了，屁股摔了，眼鏡歪了，算不上什麼事。」

「哼，你倒是膽子大了啊，有精神開玩笑。」

項紀風粗暴地摘下他和古桎成的防護面具，臉色黑沉沉的，嚇得這位面黃肌瘦的男子立刻躲到向嵐背後瑟瑟發抖。那尚未適應的銀色義手雖然被刻意限制過出力，但被他揪緊衣服的向嵐還是有點不爽。

但向嵐當下也沒什麼心思理他，畢竟她完全明白，這次撤離肯定也有不少人負責殿後，就像是營救古桎成的那次行動一樣。每次行動一定都會有人掉隊，如此殘酷的現實，私生人與抽薪者竟然一直都在承受。

這個國家到底對人民做了什麼？

「都不要說廢話了，既然我們到地面上來，表示我們有非做不可的事情吧。」向嵐一面將背後的古桎成抓到前面來，一面問道：「爲了讓某些人的犧牲不算白費，對不對？偉大的首領大人？」

「哼，基本上我們把古桎成和妳都找來，就是爲了這次行動。」項紀風從穿梭機上跳了下來，說話時鏗鏘有力，「當有人闖入據點時，就是我們必須動身的最後訊號。」

就算不用問也知道，這與項紀風口中所說的「值得信賴的友人」肯定有關係。

悠悠轉轉之間，不知爲何，她一再想起在安寧假期裡那位無助的室友。忽然之間對私生人開始的攻堅行動，給了她一些不好的預感。帶著這樣的顧慮，一行人捨棄卡在草地上的電動穿梭機，往原始森林的方向快速移動。直到一列看上去並不光潔，但依舊強壯堅固的老式蒸汽牽引列車映入眼簾，她來不及表現出訝異，和眾人一起在驚呼聲中魚貫進入這一只鋼鐵製成的金屬古董。

汽笛聲響起，陳舊古物在森林裡有人刻意鋪設、維持的隱密軌道上嘶吼著前進，機械運作的聲音掩蓋過思緒，眾人再度戴上防護面具，而向嵐也默默將這個不合時宜的焦慮收進自己的小小面具裡。

然而，似乎是看出了向嵐心底的浮躁，項紀風在列車行進之間的嘈雜之中，透過無線電說道：「向小姐，我們現在就要進行反攻堅。」

「反攻堅？」向嵐不可置信地睜大了眼睛，「爲什麼？去哪裡？」

「爲了妳的朋友。」項紀風頓了頓，繼續說道：「事情已經到這個地步，對妳也沒有什麼好隱瞞的了。對的，我們要帶著妳一起奪走『安樂席上座儀式』，向全國人民揭發一個眞相。」

「眞相什麼的才不重要，爲了小萌那才重要。」

向嵐幾乎是不假思索地回答，引來項紀風一陣大笑。

「這裡不好說話，等我們到下個據點以後再講吧。」

話說完之後，在缺了窗戶的古董列車上，一行人任風吹亂他們的頭髮、攪亂他們的思緒，順著不知何時偷偷鋪設的軌道，向所謂的「據點」前進。

巨大汙水處理廠和發電廠、垃圾處理場一樣，都是屬於不受歡迎建築。在上個世紀以來，就因爲「容易影響房價」、「恐怕會造成危險」或者以「會影響居民健康」等理由，必須建立在離都會有些距離的地方。向嵐往四周一看，景色一片荒蕪，缺乏照顧的荒煙蔓草在視野裡彷彿無限延伸，這般景象可與不久之前營救古椏成時造訪的自然公園相去甚遠。

但她同時也明白，就是因爲這樣，才能讓抽薪者有機會建立起地面據點。這些設施在當代都已經被早期AI接管，處理技術的精密化，使得人爲失誤的空間減少、運輸成本也大幅下降。而發電廠更是不用說了。上世紀發生的慘烈戰爭將石油化學文明摧殘殆盡，如今主流的綠能源及地熱發電設施，也沒有居民可以抗議的空間，都建到中控管理的區域內了。傳統上會產生大量廢棄汙染物的火力發電廠，或者因爲戰爭爆發而失去運輸、交易手段的核能發電設施早已不復運作，全都成了舊時代的廢墟。

魂能源橫空出世之後，再也沒有人在意過這些「不受歡迎設施」設置在哪。汙水、垃圾的處理，都靠「奉獻英雄」提供的純淨能源進行高能量分解。

巨大廠房、廢料堆置場、高汙染設施所在之處，成了私生人或罪犯、逃亡者雲集的法外之地，一個暫時的地下樂園。

從前，向嵐總以爲政府對此視而不見，故意讓「中控」遠離這些地方，讓這些人超出掌握只是因爲「不需要在意」。而她現在卻深切明白，原來這裡不是「樂園」，而是狩魂部隊的「獵場」。

儘管是法外之地，但抽薪者在這裡建立起的秩序卻眞眞切切。列車行過之處，有太多衣衫襤褸的人影一閃而過。他們就在軌道附近生活、野營、維護軌道，沒人妨礙過抽薪者一行人的旅程。

「當生物本能被禁止，一切只會地下化，不會消失。」項紀風講過的這段話，始終如影隨形。

又不知行駛了多遠的距離，列車終於在原始林木之間的一幢巨人鐵皮工廠前停下，大量灌木及爬藤植物加身，讓這幢從上個世紀荒廢至今的老鐵皮盒子，包圍在不屬於科技的綠意之間。這裡沒有網路，沒有AI，也沒有令人眼花撩亂的冷光照明。營火在周遭堆砌起暖黃色的圍籬，讓內冷外熱的綠油油建築物也顯得活潑起來。

配有簡易武裝的私生人在鐵絲網邊專注守望，雖然稱不上裝備精良，但最基本的守衛工作確實不成問題。

在眾多有志之士簇擁下，項紀風一離開車輛，就與幹部們開會去了。利小萌的父親利澤二話不說，迅速接手安頓撤退人員的工作，在停放列車的機庫裡忙進忙出，極有效率地讓避難而來的私生人有休憩之所。

被手工改裝過，處處隔間的巨大鐵皮工廠內，幸虧植物層層環繞，外部強風幾乎吹不進來。十一月的些微寒意被人群與營火驅散，頭頂上運作不息的抽風機，則讓內部不至於烏煙瘴氣。高高架起的風力葉片強力運轉著，驅使發電機構永不間斷地產生純淨電力。若是要一個國家的能源用度或許不足，但要供應一個小小的集落，則好像取之不盡。

就算沒有舒適管理AI，這裡的人彷彿也過得很好。

一日的忙碌讓向嵐與利澤沒有交談機會，甚至就連身為俘虜的古榁成也穿梭在人群之間，以他並不算豐沛的體力幫著處理大小事。沾染鮮血的大褂早已乾涸，但這裡誰也是一身狼狽，一時之間，竟也沒人在意那片已經變成豬肝色的血漬究竟是怎麼回事。

直到利澤、向嵐、古桎成終於坐到各自的帳棚前，圍著營火發呆，太陽已經完全下山。

看來外觀有些斑駁的鐵鍋吊掛在火上烹煮著，燒滾的什錦湯之中，有向嵐從後勤那裡摸來的罐頭與乾貨，以及從附近收成的蔬菜。不知第幾任帳篷使用者留下的菜乾與肉乾，也被她切成適當大小之後下了鍋，雖然不是什麼非常稱頭的好食材，在向嵐的巧手處理之下，無一不是替什錦湯點綴最後一絲美味的珍貴材料。

飢腸轆轆的聲音，從眼鏡厚得快看不見眼神的古桎成肚子裡吼叫出來，讓向嵐與利澤不約而同望向他。

「……就算是極限狀態，人也是會餓的好嗎？」

「這一點，不必下功夫做研究也知道呢。」利澤呵呵笑著說道，那眼睛彎彎的弧度，看上去像極了小萌。

向嵐探出上身，拿起木匙往鍋裡翻攪著，「這還沒好，肉乾和菜乾要燉出鮮味，還要一點時間。」

「有必要這麼講究的嗎？」古桎成慘兮兮地問。

「要。」而向嵐與利澤異口同聲地答。

於是古桎成又縮回他的小角落，看向嵐與利澤兩人面面相覷，他不情願地嘟噥道：「你們兩個幹嘛那麼有默契啊。」

「可能是因爲，我們都是在奇怪的事情上有堅持的人吧。」利澤笑著說：「我對如今幾乎已經算是邪道的電子音樂有熱誠，而向小姐是對料理有主張，我猜得對嗎？」

「……你連自己專注的志業都能講成奇怪的事情，比你女兒還奇怪。」回想起利小萌的笑容，向嵐只覺胃部一陣緊縮，「她之前也說過我在泡咖啡時特別計較，說我在奇怪的地方上有堅持。」

「哈，眞不愧是我女兒。」利澤微笑著點了點頭，「話說回來，小萌也是我們之間的共通點了，緣分這種事情眞是奇妙。」

眼前扭動不已的火焰將木柴燒得劈啪作響，木頭裡獨特的焦香氣味和蒸騰的食物香氣混在一起，一方面引起食慾，一方面也點亮了這個難得一見的悠閒時刻。

向嵐有種預感，這樣的時光恐怕再也不多了。轉瞬即逝的那些美好，都是在不知不覺間從手指之間溜過的。

「利伯父，你知道嗎？小萌那傢伙啊，現在還會抱著你的吉他睡覺呢。」

向嵐說完，想也沒想到，搭腔的竟然是古桎成，「哇靠，眞的假的啊？她還很小的時候就這樣子了，現在我們都三十歲了耶？」

「呵呵……唉，是嗎？」利澤將一根乾柴扔進烈火當中，激起了一小片火花，「明明我這麼沒用，她居然啊……」

「聽你說項紀風那渾蛋幫了你，具體來說是怎麼幫法？我從安樂席那幫智障嘴裡聽過，他們說，詐騙經紀公司說要重新振興電子音樂，還要打造你，騙了你 屁股錢，搞得你不得不跑路？難道抽薪者還幫你還錢嗎？」

聽到自己的醜事被向嵐知道得一清二楚，利澤不禁搔了搔鼻子，「啊哈哈，妳都知道了嘛。嗯，只能說妳現在看到的這些地下活動，只是抽薪者的其中一面而已。他們的另一面呢，就是個正當的政治組織，雖說『陰影面積』比較大，但光明的那一面，得到其他『反燒魂黨』的支持，要靠政治影響力來查辦那些詐騙集團，也不是完全做不到。」

「意思就是說，伯父你被騙光光的錢已經回來了？」古桎成怯生生地說：「那你爲什麼不回家啊？」

利澤爲難地低下了頭，而面對古桎成的提問，向嵐則是大大地翻了個白眼。

「你白痴啊，這事情有這麼雲淡風輕的話，利伯父早就回家了不是嗎？問這什麼智障問題啊！詐騙集團的錢大多是洗出國外的，要拿回來有那麼簡單嗎？是不是在魂研院工作就會跟安執委一起變成白癡？虧你還是院士！」

被向嵐罵得縮到一角的古桎成，當然沒有看到利澤那張苦澀神情裡滿滿的無奈。

他曾經逃避過生活，甚至讓自己的女兒走上安樂席之路，要是他的逃避有這麼輕描淡寫、女兒的絕望有這麼容易打破，他也不必在「抽薪者」做一個地下組織的成員活動至今。

而向嵐作爲一個曾經逃避自身創傷十多年的人，自然非常了解這種心結有多難解開。古桎成這個應該絕頂聰明的魂研院士竟然不懂人心至此，難免要她氣憤難平。

她皺著一張臉，將熱滾滾的晚餐舀進了木碗裡，起身遞給那看起來窩囊至極的瘦弱院士，「快吃，看你他媽吃完會不會聰明一點！」

「哈哈，向小姐也別這麼嚴厲了，畢竟他說得也沒錯。妳是聰明人，一定也明白我們這樣子很笨吧。」利澤無奈地揚起了嘴角，「我們都是大傻瓜啊，爲了一些形而上的事情，犧牲了眞正該注意的人，耽誤了很多再也要不回來的時間。妳是，我是，阿成也是。」

「我不敢說我完全可以理解啦。」向嵐將香噴噴的什錦湯放到古桎成面前時，臉上還有著明顯的不悅，「不過，利伯父您就算了，古桎成這傢伙又怎樣？」

「這阿成呢，以前和我家小萌一起長大的。」利澤苦笑著說道：「一定要說的話，算是青梅竹馬。但阿成從前就膽子小，所以被我家小萌欺負得很慘就是了。」

古桎成實在太餓了，他端起向嵐給的晚餐就是一陣稀哩呼嚕的猛吃，彷彿那煮沸的湯汁一點都不成問題似的。然而聽利澤這麼一說，他腫著一張嘴抬起頭來，望向滿臉詫異的向嵐與眉目慈祥的利澤。

「小萌她很厲害。」古桎成嘟囔著說：「父親以前從來不說在中央魂研院做些什麼事，他早出晚歸，最後過勞病倒，精神也出了問題，沒辦法繼續他最喜歡的研究工作。我媽媽和我有陣子都因爲這樣心情很差，但小萌每天都會過來我們家彈吉他，大家都喜歡小萌。」

於是古桎成開始說起從前兩家人是怎麼相互支持的，這眼鏡片厚得跟防彈玻璃一樣的乾癟男人，彷彿只有在講這些往事的時候，像個滿心歡喜的可愛男孩子，活潑且健談。兩家的孩子都愛著自己的父母，而他們之間難以割捨的鄰居情誼，都在利小萌的母親去世、利澤遭受詐騙失蹤後變了調。

「父親因爲過勞倒下，但幸運保住一命，小萌媽媽就沒有那麼幸運。從前，我怨爸爸不講他在魂研院工作的事，要是我們當時可以弄一點『魂造義體』給小萌媽媽的話，小萌也不會失去笑容。」古桎成說道：「但是啊伯父，我現在想啊，搞不好一切都是我種下的因。如果我那時聽父親的話，不要進入中央魂研院，不要以燒魂研究爲目標，或許這一切都會變得不一樣。我應該像小萌鼓勵我一樣安慰小萌，我應該要注意到伯父您被詐騙集團盯上，我應該要注意到，老爸他之所以在魂體研究室的工作上隻字不提，甚至他自己都不願意使用魂造義體其來有自。小萌和伯父伯母爲我們家做了很多事，我不但一點回報都沒有，甚至還讓今天這種狀況發生……」

「也不用這麼說，阿成。」利澤從向嵐手中接過熱騰騰的食物，卻沒有動起湯匙，「會上當是因爲我的執著，拋棄家庭是我的懦弱……我對不起小萌，這不是你的錯。」

「伯父你離家以後，小萌去念大學，也不在家了。我也不敢去找她，徹底失去一切能夠彌補的機會。然後，安樂席檢核程序篩出了『利小萌』這個名字，我馬上就想要毀了這個系統。」他

顫抖著雙手捧著木碗，眼神卻越過食物、越過向嵐，甚至越過鐵皮牆壁，直達不知何處的遠方，

「我……以前從來沒有想過父親的研究會變成這個樣子。我一直覺得父親是最棒最聰明的研究員，做對國家有貢獻的事……至少在這之前都是。」

「在你必須親手燒掉自己青梅竹馬，作為合帶國和平象徵的這一刻之前，至少你是照著自己的想法和意志在前進的，不要否定自己。」向嵐小聲說道，語調輕緩，卻讓古桎成整個人都震了一下。

對向嵐來說，這只是一個簡單的同理而已。

古桎成是燒魂相關機器的總負責人，當他全心投入自己唯一僅剩的人生志業時，生命裡最大的遺憾，竟然再度化為洪水猛獸，向他張牙舞爪而來，那會是多大的挫敗。

不說別人，就連自以為變得非常堅強的向嵐，也沒能挺過這一關。

過往的傷痕在心口腐爛，發出難以言喻的惡臭，就連自己也聞不出來。這樣的遺憾甚至促使向嵐申請了「安樂席」，只差一點，說不定坐上安樂席正選位置的人，就會是向嵐，不是利小萌。

「我、我想要跟妳……道歉。」講完了與利家之間的往事，古桎成又縮成一根細竹竿，在火堆之前怯懦地說道：「是我修改了程式，所以才讓向嵐妳捲進這件事裡頭來。都是我……」

「哈，說那什麼蠢話。」想也沒想，向嵐竟然滿面笑容地回嘴了，「我還要謝謝你咧，讓我跟小萌相遇。」

「欸？」

「媽的，我說謝謝你啊。」向嵐不懷好意地笑了起來，那神情既桀驁不馴，還有些狡猾，「沒有你搞這一齣，我跟小萌之間就會是兩條平行線。而今天，我有機會把她親手救出來，這難道不是最好的相遇嗎？」

「呃，喔喔……」

向嵐自顧自地說完之後，拿起木匙開始享用今天這頓遲來的晚飯。古桎成雖然有些搞不懂爲什麼，也在肚子咕咕叫的聲音催促之下重新狼吞虎嚥起來。

利澤默默望向這兩個晚輩，重新掛上了微笑。

於是他也終於動起了餐具，將向嵐烹煮的什錦湯送進嘴裡。

味道果然鮮美無比。

向嵐睡得並不好。

雖然有自然植被的掩蓋，也有營火催生的和煦暖意，她卻一晚上翻來覆去，不得安歇。她感到腦海中似乎有個聲音一直在說話。起先模模糊糊的，就像是一段段概念，不受控制地在腦海裡生成，但隨著疲勞感侵襲而來，半睡半醒之際，有人在耳邊呢喃的錯覺則又格外眞實。

睡醒之後，她並不確定自己聽見的都是些什麼內容。儘管弄得睡眠不足，奇妙的是，向嵐也沒有打從心底覺得這段經歷有什麼不舒服。

硬要說的話，利澤的打呼聲和古梃成的磨牙聲可能更擾人一點。

起床以後，向嵐和其他抽薪者成員一起收拾各自的帳篷與營火，將這個不爲人知、沒有網路覆蓋的祕密據點留給下一批需要使用的集團成員。

利澤身負其他任務，必須要在今天搭上不同車輛，與向嵐、古梃成前往不一樣的「戰場」。

臨行之前，相互之間彷彿都有了默契，三人都沒有說話，只是對望了一眼。

隨後鐵皮屋前數十台汽車如同流星一般四散而去。他們的共同目的地別無他處，正是今天準備要正式舉行的「安樂席上座儀式」。

那裡曾經是向嵐預想的終點，如今卻是必須抵達的經過點。在搖晃的車輛裡，這位身懷刺青的女性打起精神，點亮如同火炬一般的雙眼。

她低頭，向戴著手套的 Gen2 魂造義手喃喃地說了幾句話，爾後如同默禱般合攏了雙手，就像是那隻義手也正給予她祝福一樣。

左登樓感覺自己睡得非常好。

似乎長久以來，他的腦海裡總有誰在對他說話。那聲音清晰無比，如同記憶中的父親非常喜歡的歌劇。中氣十足、咬字清晰，宏亮的語調始終傳達著相同的念想——戰爭、必要的犧牲，以及有條件的和平。

那些呢喃如影隨形，即便在清醒時也沒有間斷。而左登樓笑容燦爛，如同是還在昨夜的美夢裡，不曾離開。

道理很簡單，因爲今天就是上座儀式了。延宕了快一個月，與光輝國慶日錯開的行程表，讓他忍耐得太久太久，這一場對合帶國而言最爲重要的儀式越早執行，他越可以安心。

先是出現兩位候選人，後又發生其中一人在落選之後馬上身亡的重大異常。這對安樂席來講絕對是令人不安的醜聞，這場讓人民相信「奉獻英雄」存在的演出，儘管可以遲到，但絕對不能不到。

利小萌在安執委的護送之下，與沉默的安執委主席一起前往直播會場。每年此時，對全國人民開啓的直播工作，關係到人們對燒魂的支持程度，必須要確保一切正常。左登樓每年都親力親爲，全心全意地準備，與非常能幹的岑仁美一起完成這項工作。但今年不同，岑仁美因爲被舉發有揭露「安樂席」眞相的計劃，這種幾乎算是叛國的行徑必須遏制，爲了維繫國家尊嚴，她早在前陣子就被押回魂研院管束起來。

也就是說，今年這個至爲重要的工作只能由左登樓一人全權負責，他興奮得連魂造義體都發癢起來，彷彿全身上下的每一個細胞與零件都在雀躍。

電動禮車在行進之間毫無噪音，無刷電動輪轂馬達的聲響，在快速運轉之中只有幽微的電流音迴盪不已。車室當中，主席、利小萌與左登樓三人相對無言，這正是身赴死地之前必然的沉默與沉澱。

左登樓回想著從前經歷過的戰場前夜——火堆前，士兵們三三兩兩，手執鋼杯，吃著已經涼透的燕麥粥，也曾有過與現在完全相同的死寂。

那是覺悟也是醒悟——左登樓愉悅地向自己言說。

電動禮車來到中央魂體研究院附近的軍人公墓，從這裡開始，直播活動也算是正式開幕。利小萌在安執委與主席的帶領之下，前往上香致意。大批媒體記者與觀禮民眾早已將附近擠得水洩不通，當然反燒魂團體也在場外聚集了大批群眾，進行每年一定會有的示威抗議。

左登樓明白，最大、最危險也最多祕密的團隊「抽薪者聯盟」肯定也在其中，但一想到那些人本身也是被狩魂的對象，他就覺得緊張不起來。

到頭來，誰也不能阻止國家爲和平的延續添柴加薪，哪怕燒的是國人的靈魂，哪怕是「抽薪者」也不可以。

利小萌與安執委主席一起向軍人公墓獻上誠意之後，會象徵性地由安樂席執行委員會主席開車，親自帶著今年的安樂席奉獻英雄前往上座間。說好聽了是儀式會場，但其實就是抽出靈魂做成燒魂原料的刑場。

看利小萌無畏地坐上電動禮車，左登樓滿臉的笑意是停也不能停。

只因爲，他明白自己所做的事情有著大義。

只要擁有大義，區區將人送上安樂席的工作，也不應該成爲精神上的負擔。只要擁有大義，即便欺騙了九成以上的國民，也是無可奈何之舉。

只要擁有大義，那麼沉睡在軍人公墓裡的父親，應該也能安息，也能笑著稱讚登樓如今是個有出息的好士兵。

他一直明白自己不是天之驕子，血脈裡刻印的誓言一直推動這把七十幾歲的老骨頭奮勇前進。

至於，爲什麼會養成像是唱歌劇一般的語調和衝動？這個幾乎被當成標誌的習慣，就連他自己也不是很清楚原因何在。是否因爲年紀大了，所以這麼重要的事情反而想不起來呢？

左登樓搖了搖頭，將此時此刻多餘的思緒拋諸腦後，「很快就要結束了，這場兩名候選人的鬧劇。」他笑著從低階安執委手中接過電動禮車的方向盤，將部分工作人員留在公墓現場與媒體、觀眾互動，隨後載著負責上座現場直播的人，奔赴儀式會場。

依照慣例，每個安樂席的上座者，在最後一段路上都必須戴上頭盔。那是一頂看不見外界的冰冷死物，不只阻絕了視線，也消弭了聲音，除了讓安樂席受選人可以「專心」之外，也令他們不用面對前往死地的侷促。

封閉式頭盔短暫讓利小萌與世隔絕，她得以和自己作一番無聲的對話，聆聽自己心跳節拍帶來的寧靜。

心跳有著生命的隱喻，能夠撫慰焦慮，也是一種反璞歸眞的嚮往。猶如在母體當中聽聞的搏動，那是曾經飄盪在羊水當中的靈魂存在證明，也是胎兒聆聽長達十個月以上的白噪音。在那樣的心跳頻率當中，可以安睡、可以被愛，可以被母親無私地擁抱。所以她用一樣的頻率輕拍過向嵐的背，給那位像是擁有一切，卻實際上幾乎失去一切的女孩子。

她知道自己也迷失了，可是她聽不見其他人的心搏，只能向自己內部一再搔抓。深入、深入、再深入，過去種種就像是一扇扇飛掠而過的窗，在那些窗裡，有著過往的明亮。

她看見自己纏著爸爸，要他手中的吉他。爸爸表情看起來有點困擾，而媽媽則在一旁幸災樂禍，樂不可支。

她看見媽媽努力工作，而爸爸逐漸失去從前慣有的自信與開朗，夢想的形狀變了樣。她得到爸爸的電吉他，放下自己的兒童小吉他。爸爸有了新的琴，卻再也不像從前那樣發光。

她看見媽媽在家裡倒下，看見童年玩伴不知所措地縮在一旁。她看到爸爸愁眉深鎖卻繼續帶著樂器在外頭闖蕩。她看到媽媽住進了棺材裡，葬儀社的漂亮姐姐，在她手上放了一朵花，示意她放進媽媽睡著的那個木箱。

她看見滿滿詛咒紅漆字樣的老家，爸爸已經不知去向。她收起隨身行李和爸爸的電吉他，住進大學爲她安排的學生套房。她努力打工、勤學懇讀，成爲那一年全國最高分上榜的新科教師。

而後，她在安寧假期的套房，與向嵐一起笑，一起哭，然後自己一個人重新擁抱清冷與寂寞。

「我好想她。」她喃喃出聲，只有自己聽得見。

如果是「她」的話，會看出自己需要一個擁抱吧。如果是「她」的話，會像那天奪門而入，抓起自暴自棄彈得滿是鮮血的手，邊罵邊包紮吧。

「妳的吉他彈得很棒。」她這麼說的時候，沒有絲毫的虛僞。

如果是她，如果是向嵐，事到如今，是不是也願意在需要的時候，爲她在背上拍出心跳的頻率，拍出不可多得的寧靜？

不知道爲什麼，利小萌就是知道答案。

車輛隨著地勢忽高忽低，在路面上左右蜿蜒。中央魂研院原來有這麼遠的嗎？利小萌覺得自己不太敢確定。也許是被奪走視線與聽覺之後，時間感也會與現實之間有些錯位也不一定。

然而路途總有終點，就像是生命一樣，大家總有一天都要前往自己的安樂席，並且發自內心，決定上座。

在思考之中，她感到車輛停了下來。頭盔在被揭開之前，利小萌深切明白——她這趟旅行的終點，已經到了。

隨車直播小組從車輛裡魚貫而出，在左登樓帶領之下，進入中央魂研院戒備最爲森嚴的魂體研究中心。

安樂席上座儀式，其實就在中央魂研院裡進行。燒魂器、塑魂儀所在的貴重儀器室，平常只有高階研究員、院士以及首席安執委可以進出，而其他輔助儀式進行的低階職員，則只在一年一度的上座儀式時獲准進入。

「神聖無比的儀式，就該在最不可侵犯的地方舉行。」左登樓一面走著，一面歌唱般說道：「國運昌隆啊國運昌隆，就該舉國一同見證這個時刻。」

直播進行中，這些向全國人表現的用詞並不需要特別背誦，也不需精雕細琢，只因左登樓每年此時都要說出一樣的讚頌。雖然這條通往「安樂席」的長廊，岑仁美今天沒有和他並肩而行，但如此細微的異樣，絲毫不能影響他歡快的愛國心。

「奉獻英雄每年在這個時候，將靈魂透過塑魂儀煉成魂磚，再由我們辛苦的魂研院士啓動燒魂器，將他們高貴的靈魂與意念，挹注到我們偉大祖國的能源網絡當中。啊……這正是無可取代的國之英雄，各位同胞。」

伴隨著直播小組的樂聲，語調優美的首席安執委用他恭敬有禮的步態走向貴重儀器室大門，用感應卡刷開了門扉——

映入眼簾的，是一如過往數年一般，以金屬帷幕籠罩的塑魂儀、燒魂器整合裝置，通稱爲「安樂席」。一眾安執委已經等在現場許久，爲與會人員編排的站位，留下了主席以及兩位首席的位置。

爲了讓安樂席看起來更平易近人一點，這個房間和其他充滿檢測螢幕與管線的實驗室大有不同。每年總有一位自願者坐上所謂的安樂席，汲取靈魂的現場本該令人不安，但爲了向全國人民直播這項壯舉，這裡特意布置了鮮花，牆壁選用低彩度的玫金色消光烤漆，營造出如同醫院或療養機構般宜人的氛圍。昏黃燈光讓此處散發些微的慵懶氣息，爬藤植物在金屬斗室各個角落點綴著綠意，取人性命的地方，就只剩下銀色金屬帷幕圈起來的那一張「座椅」而已。

左登樓左顧右盼，卻沒有看見應該出現的安執委主席。

雖然有點疑惑，但金屬帷幕確實有降下來，意味著他們今年的奉獻者已經安穩地坐在席上等候。他歪了歪嘴又擠了擠眉頭，低階安執委們卻始終示意他一切已經準備停當。

向全國進行的直播從來不曾在這個時刻叫停，而今年甚至還沒有他一直看不順眼的岑仁美在場。他知道，自己不可以、也不願意放棄這個特別的時刻。主席不在，現場地位最高的左登樓，自然而然必須站在最前方的主位。這是屬於他的時刻。

「接下來，我們將一起見證安樂席上座的最後儀式。」左登樓大大地張開雙臂，由魂造義肢所補強的臂膀有力地張揚著存在感，「當帷幕升起，本年度的安樂席志願者，就會透過直播與各位見面。」

「奉獻者——揭禮——」擔當司儀的安執委高聲說道，以此爲信，金屬帷幕緩緩升起。

起先是一雙漆皮高跟鞋，然後是撩人的黑絲襪。繃緊的短裙與洗鍊的腰線，傲人的上圍以及尖削的下巴也在全國人民之前展現。帷幕越是升起，座上人的樣貌便逐漸完整。等到機械運作的聲音結束之後，左登樓滿臉歡欣鼓舞，回身望向安樂席——

「怎麼會是妳？」

一如往常的直播，左登樓卻是頭一次說出與往年不同的台詞，大街上、住房裡，緊盯儀式的觀眾一同見證了他面目猙獰的特寫。只因坐在安樂席上的並不是他的當事人利小萌，而是本該被安執委管束的另一位首席執行官——岑仁美。

沒等他反應過來，岑仁美一個點頭示意，周遭的低階安執委隨即一擁而上，如同當時在安寧假期當中壓制岑仁美一般將左登樓制服。

「等一下、等一下啊唷！」左登樓大呼小叫著，掙扎始終沒停過，「怎麼回事？主席呢？爲什麼妳會在這裡！」

「原因很簡單，出於主席的意志，安樂席即將在今天成爲歷史。」岑仁美從安樂席上起身，清冷面孔上有著從前不曾見過的陰狠，「登樓，依據主席的命令，你和我兩人，就是安樂席最後的奉獻者。」

「妳說什麼？怎麼會，不可能……我還沒──」

幾乎沒有聽他說話的餘地，低階安執委們連拖帶拽，將左登樓強壓在安樂席上。他們的行動極爲迅速、有序，顯示這次的行動早有排練，絕對不是倉皇決定之下的結果，左登樓幾乎可以確信，這一切或許眞是向來話不多的主席授意執行。

「爲什麼？」左登樓咬牙切齒地問道。

「你有什麼好問的，你不是愛國嗎？」在直播當中，重新取得主導地位的岑仁美說道：「出於愛國，你將自己奉獻給能源網，又有什麼值得遲疑的呢？」

「我還有很多事情要做，和別人不一樣。」左登樓哼地一聲，「爲了這個國家，我現在還不能死。」

「我知道，現在輿論也都知道了。」

岑仁美揮出一個手勢，從貴儀室的AI系統當中叫出了懸浮螢幕，可以看見魂研院外、軍人公墓附近正群情激昂。她陸續又推出更多面螢幕，無論談話節目，還是新聞媒體，都接收到意料之外的最新消息——

安樂席是一場騙局。

「在資訊時代，消息要散開眞的很快。網路很快，輿論的傳遞更是你我擋都擋不住的野火。只要有足夠的資源和條件，要讓眞相一口氣突破同溫層，沒有想像中的那麼困難。」岑仁美微笑著說：「尤其是，當大家都活得太久、太和平的時候，鄉民們更想看見血流成河啊。」

無論串流節目、新聞現場、鼓譟群眾或反燒魂遊行隊伍裡，「安樂席是騙局」的標語斗大出現在所有地方。左登樓能看見許多熟悉的身影，他們是反燒魂團體，是平常被當成獵物的對象，而這些人正手舉標語，動員了傳統媒體與對燒魂抱持疑惑的人群，利用這場安樂席上座直播，瞬間形成連AI都難以阻擋的巨大浪潮。

許多小道消息開始在網路世界被揭露，像是安執委私下進行的狩魂行動，甚至國家將私生人的靈魂做成魂磚向海外銷售等醜聞，也像失控的瘟疫般不脛而走。能在極短時間內預備好這一切「資訊炸彈」，並且付諸實行的高級工程師絕對不在多數，左登樓在腦海裡有了一個不願意輕信的想法，那個猜測，從他咬得幾乎滲血的嘴裡如同擠牙膏一般漏出來。

「是向嵐……向嵐她沒有死。」

「向嵐本來就是非常有才華的女孩，如果世界不曾摧毀過她，或許她還能更強大。」岑仁美瞇起美麗的雙眼，低頭說道：「是的，今天摧毀安樂席假面具的，正是安寧假期裡的兩位當事人，她們沒有盲從體制，相信自己的靈魂，挺身面對了大家尊崇近半個世紀的不合理，也才有今天這個局面。」

「靈魂？在這個魂體研究已經科學化數據化的當代，妳竟然還把『靈魂』當做一個虛幻的符號嗎？」被按在安樂席上的左登樓冷笑著說道：「不要說廢話了，妳們都不會成功的。安樂席的設定只能對應年度奉獻者，無論妳說的傻話再多，也無法改變這個事實……」

面對直播鏡頭，左登樓也不再掙扎。他明白，岑仁美在全國人民面前說了大話，說安樂席最後的奉獻者只能是他們兩人。只要針對安樂席奉獻者的設定沒有任何改變，他知道這一切都不可能發生。

無論外界傳些什麼，只要無法當場對奉獻者以外的人啓動塑魂與燒魂，那麼這場鬧劇就沒有意義——儘管他對此胸有成竹，但面前的岑仁美，卻同樣看來不爲所動。

那份斷然與確信究竟從何而來？從擴音器裡傳出的聲音很快便解答了這個問題。

「岑首執，控制室已經被我們掌握，燒魂器和塑魂儀的設定已經重設完成。『安樂席』已經讓古院士整理完畢，隨時可以啓動。」如同生鏽的金屬摩擦聲一般沙啞，傷殘者的嗓音在貴重儀器室裡響起，「我們是抽薪者，爲燒魂專法抽取柴薪之人。左登樓，你對私生人們做的事，我說過會原原本本地還給你的，明白嗎？」

「謝謝你，紀風。」岑仁美那如同抹了口紅一般冶豔的薄唇微微一揚，而左登樓的額頭上則暴現了青筋。

「除了我指派的院士以外，沒人能處理安樂席的設定……」他緊咬的牙關彷彿可以迸出火花，「是妳……那聲音是項紀風。所以說安樂席會選出兩個人，古桎成會被帶走，就是妳和抽薪者搞的鬼……」

然而面對左登樓的慍火，岑仁美只是一笑置之，「別這麼說嘛，一直以來，我不都是『值得信賴的友人』嗎？」

兩位首執即使在直播當中也不改針鋒相對，低階安執委雖然惶惶不安、左顧右盼，卻還是幫左登樓收緊了扣具。安樂席執行委員會是個極爲嚴密的組織，他們雖然不確定，但執行主席命令時絕對不會，也不被容許留手。這一點，身爲首席的左登樓最清楚不過。

這一切，肯定並不只是岑仁美的運作。要讓高度忠誠的執行官們忠實執行任務，除了「安樂席執行委員會」主席直接下令之外，絕無其他可能，這或許也說明主席此時此刻不在這裡的合理性。

於是左登樓深深地吁了一口氣，以歌唱般的語調，找回了他的步調，「終於……也有那麼一天，我也需要像父親一樣，爲國捐軀。可喜可賀啊可喜可賀！」

在鏡頭之前慷慨陳詞的模樣，在左登樓的想像裡至爲令人動容。那肯定是燒魂專法上路以來最爲熱血昂揚的時刻。安樂席首席執行官在上了年紀之後以身爲引，化爲國家的能源供給，這一股純淨能源的洪流，絕對不可能被合帶國最後一次啜飲。

帶著這樣的堅信，左登樓滿面的堅定與篤信，他如唱歌一樣說完最後的陳詞，隨後閉上眼睛，「請爲我執行安樂席，讓我成爲如同父親一樣的烈士吧……」

然而岑仁美卻是忍俊不禁，彎下腰來誇張地大笑起來。

與她平日裡的安靜嫻雅完全不同，那全然不顧形象的笑，是癲狂，更是已然褪去所有僞裝的眞實模樣。不僅一眾安執委看得目瞪口呆，就連左登樓也從來沒有見過他那優秀的「學姐」有過這般面容。

笑得上氣不接下氣，這位容姿端麗的人工美女跪倒在地、喘著大氣，那聲音之嬌媚，那情態之癲狂，舉國上下所有觀看直播的人何止是因而屏息？

他們的疑惑，和左登樓脫口而出的質問恐怕別無二致：「妳笑什麼？」

「我笑你死到臨頭還不知道，你所遵循的根本不是亡父的意志！」岑仁美氣喘吁吁地說道：「你的父親是上個世紀就十分出名的聲樂家，他的男高音可是國家的至寶。你的爸爸根本沒有上過戰場，我笑你直到最後這一刻，都不知道自己的靈魂已經『混雜』了啊！」

幾乎是在此同時，左登樓那張堅毅且篤信，準備慷慨赴義的神情忽然變了樣。

記憶在腦內互相碰撞，那些無時無刻在耳邊低語的聲音，原來並不是幻想。

「魂造義肢的主人侵蝕了你的靈魂，老頭子。」岑仁美好不容易緩過氣來，她毅然起身，陰冷地說道：「渾身上下都改造過的你、我，以及因此活超過一百一十歲以上的眾多國人……誰也都不能倖免。」

「我、妳……」左登樓的面容逐漸扭曲變形，看上去彷彿瞬間老了好幾十歲，「我……不要……」

然而，安樂席啓動的電磁擾流聲倏地竄起，他的叫喊，甚至來不及發出聲音，隨即消失在一陣照眼的白光之中。

而後，在安樂席上只剩一座四四方方的耀眼魂磚，如同扭動的彩虹被封裝在玻璃罐裡，靈魂的顏色越是肉眼直視，便越是難以形容。

而後，岑仁美低垂秀麗的眼眉，命令道：「輪到我了。」

低階安執委七手八腳地將魂磚取下，任由這位美麗的八十餘歲老人自己就座。

她看著自己的雙手，隨後環抱自己全身上下，彷彿在和某人親暱擁抱、訣別。

而後她淡淡說著只有自己聽得見的細語。

「我先走了，老公。別讓我……等得太久了。」

第九章 埋藏心底的願望

那位被敬稱爲主席的男人，將利小萌的頭盔解開了鎖，還給她完整視覺與聽覺之後，便將她趕下車。臨行之前，兩人之間沒有多餘交談，彷彿一切理所當然。她明白這位渾身義體的男子已經與岑仁美有過約定，如今最重要的任務，只是讓利小萌遠離是非之地，卻不擔保她的安全。

在與岑仁美的最後通訊之中，這位沉靜的八十多歲奶奶，只是告訴她不管誰要她怎麼做，都請相信安排。那位「安樂席執行委員會」主席早已因爲魂造義肢的侵蝕而失去自我，就像誤認自己生父是個戰場烈士的左登樓一樣。

岑仁美與安執委主席身上的魂造義體，原料都來自她的丈夫。到底是何等的惡意，才會將別人丈夫的殘魂裝在遺孀身上？又是怎樣的想法，執行官之首會將罪犯的魂磚用於自身義體的製作？關於這一切，利小萌既不得而知，出於本能上的厭惡，也不打算去推敲。她只知道，左登樓身上用的義體是戰場殘兵自願接受塑魂實驗時留下的產物，而無一例外，除了岑仁美以外，幾乎所有移植第三世代魂造義體的人，都失去了自我。

或許主席眞的貫徹了職志，爲「安樂席」與燒魂的發展，做完了半個世紀的見證者。但是他已經被岑仁美的丈夫吞噬了意志，走到今天這一步，催生出「兩位候選人」的終局，是否只因整個系統都被岑仁美夫婦當成復仇工具在使用？而左登樓吮吸戰士的殘魂，是否又堅定地愛了國？

到頭來，這些人是否都在他人的意志之下，走上了自己曾經以爲的安樂席？利小萌越是思索，便越是覺得孤寂。生命悠長，若沒有明確的意志便難以爲繼，就算借了別人的意志，也要等待一個最好的時機從容赴義，就像是岑仁美一樣。

那麼我呢？我又在等什麼呢——想到這裡，利小萌不禁深深地嘆了口氣。

環顧四週，這裡是一處AI網路不能觸及的老廢建築。當主席驅車離開之後，她得到的只是這片廢墟保有的清幽。

溫室效應讓天候變得燠熱，日夜溫差較之上個世紀都要更加劇烈。十一月的初冬時節，雖然早晨與向晚要人冷得發抖，但時值正午，氣溫熱得根本不像是已經過完光輝十月。廢棄建物唯一透光的地方是出入口，那裡有蓊蓊鬱鬱的翠綠植被，嘈雜喧嘩的蟲鳴鳥唱。而建築物裡吹過不甚涼爽的自然風，不知何處垂掛的電線與破爛布條烈烈作響，交織成一段雖然吵嚷卻令心裡感到孤單的喧囂。

於是她取出父親留給她的電吉他，沒有接上擴音設備，坐在自己的行李箱上，翹起腿來，在空無一人的廢墟裡彈唱。

甫一開始就是讓世間喧嘩與之不能匹敵的跑馬，刷弦的聲音在生冷的水泥空洞裡迴盪。然而，她再怎麼彈奏也趕不走寂寥，形單影隻的疏離，不知不覺已經如影隨形。

她能做的反抗，好像總是不多。

身為一個失去工作的代課老師，身為一個沒有舞台的電吉他手，她似乎只能像父親當年一樣，擁抱再也無法完成的夢。於是她彈奏，不斷彈奏，最好再一次彈得滿手鮮血，這麼一來，是不是有些奇蹟就能再次發生？她捶弦、勾弦、滑弦，在沒有聽眾的建物裡，獨自一人奏響空靈的泛音——

於是，不曾聽過的機械運作聲由遠而近。

那是騎在電動檔車上的背光身影，從唯一一處入口現身時，附近的蟲鳴都因此靜音。背對著接近正午灑落的陽光，秀麗且堅毅的剪影看上去有一些熟悉。

那人脫下安全帽，走向利小萌。

「妳的繃帶呢？才多短的時間而已，媽的就已經想彈琴了啊。」

「反正又沒有人會阻止我。」利小萌停止吟唱，手上彈奏的動作卻沒有停下。

於是騎士深深嘆了口氣，將安全帽放在地上，一屁股坐在上頭，與利小萌對望。她從懷裡取出LED燈，點起來放在兩人中間，暈黃色調的燈具，為這棟廢棄建築物增添了些許生氣。

光照在來人的臉龐，利小萌認得出來，那是左手戴著手套的向嵐。身穿麻黃色背心的她，雙臂的刺青彷彿在燈光照耀之下也跳起舞來。

「小萌，跟我走吧。」

「為什麼呢？」利小萌一面低垂著眼眉，一面叮叮噹噹地彈動她的琴弦。

「安樂席是一場騙局。」向嵐吃力地低下頭，「妳的兒時玩伴古桎成促成了這一切，我們終於有一次機會，可以徹頭徹尾質問這場騙局。」

利小萌抬起頭來望了向嵐一眼，短暫停頓了幾秒，隨後又繼續彈奏起來。

在沉默之中，向嵐沐浴在鋼弦空振的旋律裡，卻是逐漸有些煩躁起來，「妳有聽到我說什麼嗎？」

「我當然有聽到，我沒聾。」

「那妳為什麼——」

一次如同剁肉一樣猛力的刷弦，打斷了向嵐衝口欲出的話。利小萌靜靜地將電吉他平放在腿上，將雙手按在自己眼皮上，淡淡地吁了口氣。

「我對這個國家的大義沒有興趣，岑姐的行動或許戳破了安樂席的正當性，但燒魂能提供能源這件事，還是沒有變化。」利小萌放下雙手，定定地望著向嵐，「我問妳，憑什麼我應該活下來，換別人去死？」

「欸幹，不是啊……為什麼妳就該去死？」

「現在妳已經不是正選人了吧。那麼，安樂席的事情跟妳有什麼關係？我的事情又跟妳有什麼關係？」

向嵐早就知道利小萌其實並不如外表上看起來那麼柔弱。這個女孩不是溫柔婉約的嬌嬌女，她是個稱職的老師，能洞察別人的弱點與心中的缺憾，能擁抱並療癒他人的內心。然而她也是個強悍的執行者，有能力敦促自己鍛鍊這個時代並不見容的電子樂器，而且當她頑固起來，就連手指上的疼痛都無法阻止她繼續鑽幹。

向嵐在心中揣度了許久，然後像是當時望穿自己心事的利小萌一樣，直視著對方的眼睛。雙眼是所謂靈魂之窗。外在的一切都能騙人，肢體動作、語言、整個人的舉手投足，都可以掩蓋眞心，但眼睛就是不行。利小萌彷彿也感受到向嵐毫無避讓的探詢，她不由得縮起了肩膀，略微避開了視線。

然而早就來不及了，因爲向嵐也同樣在想著一樣的事，「幹，眞的不像我。」

「怎、怎樣？」利小萌抬起雙腿，抱住自己的膝蓋，像是縮在殼裡的小烏龜。

「我這個人不擅長跟人講大話，也不像妳，能夠講一番道理出來，妳是老師，我可不是。」向嵐抿了抿嘴唇，「是這樣，我是工程師，我負責幫許多問題提供解決方案，像這次行動裡，讓直播無法被AI切斷的干擾程式就是我的作品。」

「我知道妳很厲害，但妳講這些也沒用，妳誇耀自已的才能，給我戴老師的高帽子，說到底妳又懂我什……」

「我想念妳。」

向嵐直白的陳述，登時讓縮在一旁的利小萌靜默下來。

「妳知道嗎？那天離開，我好恨自己沒有多說幾句，就那樣和妳告別。總是擅長解決問題的我，唯獨在妳面前顯得很沒用。」向嵐無奈地搔了搔後腦杓，「所以，當我知道我有辦法、有理由把妳拉回我身邊的時候，我決定絕不退讓。」

「所以……？」

「所以，跟我走吧，我們遠走高飛，離開這個狗屁網路和智障AI掌控的地方，離開這個出生和死亡都算犯法的荒謬體制。沒妳在身邊，以後誰來抱我？誰來拍我的背，告訴我說我已經好努力了？」

向嵐越是說，利小萌就像是吸了水的棉花球一樣越縮越小、越來越沉。

「我眼睛哭腫的時候，誰可以用長了繭的吉他手幫我熱敷？要是我又被從前那場惡夢嚇醒的時候，我該拉誰的袖子說我睡不著？」

向嵐的坦白在廢墟裡迴盪不息，一時之間，就連她也沒想到自己能把話說得這麼急，更沒想過光是說完這段話，能讓胸口變得極端火燙，心跳的鼓搗震天般響，就要不能呼吸。

良久，兩人一時之間也沒再說話，她們各自縮在自己的角落，不時偷看對方一下。

而後利小萌淡淡嘟噥了一句話，聲音太小，向嵐沒能聽清。

「妳說啥啊，蚊子叫一樣？」她問。

「我說。」她答，「那以後妳天天都要給我做飯，超好吃的。」

向嵐瞪大了眼睛，隨即誇張地大笑起來，而利小萌則脹紅了一張臉，就差沒有把鞋子脫下來往向嵐丟過去，「笑、笑屁喔笑！」

「哈哈……嘻嘻……喔幹，原來妳也會撒嬌的喔，哈哈哈笑死我了。」

向嵐笑得止不住，利小萌則是扔下了電吉他，衝上前去就拼命拍打向嵐的腦袋。

「唉唷唉唷，欸幹不要打了啦，等一下變笨了怎麼辦？」

「妳本來就笨。」利小萌冷冷地說，而向嵐這回只是吐了吐舌頭。

她讓利小萌拉著站了起來，走向電動機車，取出一頂安全帽，扔到利小萌的手上。

這位吉他手接過帽子戴了起來，隨即逕自跨上後座，拍了拍前面虛懸的座位，對向嵐眨了眨眼睛。

「呃……」向嵐戴起自己的安全帽問道：「行李大概真的沒辦法帶，那妳老爸的電吉他呢？」

「不要了，弄把新的吧。」

「好吧，都聽老師的。」向嵐歪了歪嘴，跳上電動檔車，切了檔位，兩人向廢墟裡唯一的光驅車而去。

蟲鳴又一次因為機械經過的躁動而靜寂，但利小萌正緊貼著向嵐，傳遞著無比吵嚷的心音。十一月的風不斷嘗試帶走她的體溫，向嵐卻不覺得涼快，只因背後那個既溫柔又強悍的女人，剛剛向她展示了從沒給別人見過的任性，想著想著，耳根都發燙起來。

「等我們安頓好以後，妳一定要弄把新的吉他才行，知道嗎？」

「幹嘛？一定要嗎？」

「一定要，因為我想聽，我愛聽。」

「好吧，但等我揍過我爸以後再說。」

「那有什麼問題？欸幹，妳知道妳爸在哪嗎？岑仁美那個老太婆跟妳提過嗎？我現在已經搞清楚了，她大概就是抽薪者混蛋們說的，什麼『值得信賴的友人』啦，她什麼都知道，卻沒告訴我們——妳爸躲在全國最大的反燒魂團體裡妳曉得嗎？超扯。」

「我知道，岑姐有她的想法吧。至於我爸，我扁他的時候，記得幫我把他架好來，明白嗎？」

「遵命——老師——」

微塵漫過光芒掃掠之處，晶晶燦亮，和再次響起的蟲鳴、風聲一起，彷彿熱熱鬧鬧地為她們送行。

兩位安樂席候選人與她們的拌嘴聲就這樣漸漸遠去，獨留那把有歲月痕跡的電吉他，以及單薄的行李，在不知何時廢棄的人造廢墟裡一同沉寂。

尾聲 肉體凡軀的安可

最後一次的安樂席公開上座儀式，在合帶國永遠留下了歷史一刻。那一天，他們見證了即使不是受選者，也能被塑魂、被燒魂的眞相。反燒魂團體以及相關政黨在這次切不掉的直播當中獲得了壓倒性的輿論風向，無論「燒魂專法」，還是「全民健保6.0」，都在議會上遭受強烈杯葛，體制面臨前所未見的挑戰。

人們終於開始發現，讓合帶國平均年齡來到一百二十歲的魂體研究技術，奠基於眾多不特定人的靈魂之上。大家身上的魂造義體，原料幾乎都不屬於「安樂席」奉獻者，而是受到迫害的私生人。被機密保護的魂體研究資料顯示，魂磚上殘留的靈魂意志會影響配戴者的身心，但長久以來爲了國家存續，那些祕密被隱而不宣，沒人知道那些活得太長的人，爲什麼心理衛生會越來越差。

國家吮吸不情願的奉獻者靈魂，維繫了數十年的和平。「純淨能源運動」開始被推行起來，越來越多人決定挺身而出，率先拒絕使用燃燒人民魂魄產生的電力。

然而與之相對，也有許多再也不知活下去有什麼意義的長壽者，前仆後繼前往申請安樂席，就像是那天的直播一樣——外觀年輕、實則年長的兩位「安樂席首席執行官」，以及「安樂席執行委員會主席」相繼坐上了獻出靈魂的椅子，只要明白自己的終點在何處，似乎赴死就能如此果決。

那份果決，打動了許許多多的人，也牽動了許許多多的心願。

「可以說，所謂靈魂，是沒辦法完全物質化的。」

在綠意環繞的自然氛圍之中，老舊的木造房裡，利小萌在嘰嘰作響的講台上說道：「靈魂和願望會強烈地關聯在一起，可以說『願望』才是活著的證明，而不是靈魂本身喔。各位小朋友也要珍惜自己的靈魂，去弄清楚自己該做什麼、想做什麼，明白了嗎？」

「明——白——了——」儘管不見得聽懂，稚氣的聲音還是在破落的教室裡響起，小朋友們穿著皮革、植物纖維製成的制服，將天真的笑容送給他們最喜歡的老師。

「非常好，那現在下課。班長。」

「起立、立正、敬禮，謝謝老師——」

然而正當他們尖叫著，一窩蜂準備往外跑的時候，身穿鐵灰色制服的項紀風已經出現在講台一角，那些還沒來得及撒野的小鬼頭們，每個都像中了魔法一樣僵在原地。

「眞是，還想出去玩？太陽下山了，該回地底下囉。」利小萌苦笑著望向垂頭喪氣的小孩子們，隨後走向神情肅穆的項紀風，「項老師還是來得一樣準時呢。」

「嗯，畢竟母親已經完成了她的志業，我也該放下『領袖』的重擔了。她從生下我以後，就一直後悔到最後一刻。」項紀風喃喃地說：「她以首席執行官的身份活過了下半生，冒著天大的風險，協助推動反燒魂運動，甚至還在古桎成之後，將安樂席檢定從『換一個人』改成『選出兩個人』。她讓妳和向嵐相遇，才製造出前所未有的機會，讓我這個做兒子的，可以和她一起完成這個歷史時刻。」

項紀風一面說，一面領著孩子慢慢走出教室，「我們這一代的任務結束了……現在的我，只是孩子們的導護老師。做什麼，就該像什麼，妳說是不是？」

沙啞的嗓音裡沒了從前的霸氣，他一拐一拐地走出教室，一群小蘿蔔頭們心不甘情不願地跟上去。

然而才過不了多久，靜不下來的孩子們又起了騷動。

「啊！是臭屁嵐！臭屁嵐來找老師了！」

「欸幹！你們這些臭小鬼，什麼臭屁嵐，你們才臭，你們全家都臭！」

「哇哇哇哇——哈哈哈哈——」

得意忘形的聲音並沒有持續得很久，「咚咚咚」幾聲，調皮搗蛋的孩子們腦袋上都給項紀風一一敲了個悶響。於是本該活力四射的搗蛋鬼，變得像送葬隊伍一樣安靜，跟著他們的「項老師」走向地下系統的出入口，而向嵐則吐著舌頭走到雙手盤胸的利小萌面前，一副很委屈的樣子。

「妳之前——」利小萌說。

「我之前，答應過不可以跟小朋友嗆髒話。」向嵐唯唯諾諾地說：「知道了啦，利老師。」

「利妳個頭啦。」利小萌抿了抿嘴，笑著摸了摸向嵐的頭，「不准妳再跟著叫老師。」

「好啦。」

少了AI控制的老舊市郊，這間從廢棄農舍改造而成的學校，在反燒魂政黨的默許之下，保障給從前遭受迫害的私生人與抽薪者們使用。與之配套的，則是把從前被當作根據地的舊廢水處理廠留給他們繼續完善，得以享受水力發電帶來的便利。

利小萌在反燒魂政黨的請託之下，成了真正的老師，負責教育那些沒能獲得良好教育的私生人孩子。而向嵐用她銀色的左手牽起利小萌，時值黃昏，她們也要往地下系統的方向移動。但她們的步伐走得很慢，她們的手牽得很緊，就著昏黃的斜陽，在靜默裡，彷彿能有無盡的談天說地。

「妳爸媽，現在還有對妳說話嗎？」利小萌問道。

「沒有，只有在準備出發找妳的那一天，他們透過這隻手向我說過話。」向嵐嘟著嘴說：「他們說加油，還有……還有……還有……」

看向嵐脹紅著臉，利小萌吃吃地笑了起來，「還有去告白？」

「欸幹……不要啦，又提這個！我說啊，老項那個渾蛋根本就是故意的，他早就知道這是用爸媽的魂磚做成的。」向嵐嘴上是這麼罵，但她的心情卻似乎很好，「哼，真的有病啦，讓我爸媽的靈魂……陪我一輩子什麼的，我哪有這樣想過……」

「好啦好啦。」

來到地下系統升降梯口，小朋友們已經跟著項紀風抵達深處，上來的空車廂裡雖然不算非常整潔，卻也算明亮舒適。

在升降梯裡，她們依舊沒有鬆開彼此的手。

「話說回來，今天有新歌嗎？」向嵐嘟噥著說。

「有，不過上次那首歌安可了好幾次。」利小萌微笑著點了點頭，「妳知道，就是我在安寧假期寫的那一首。」

「還安可喔，好啊那就這樣吧。老子的 Keyboard 已經等不及了，利伯父應該也很喜歡彈女兒做的曲子吧。」

「哼，臭老爸，竟然跟女兒搶吉他手的位子，我總有一天要把他擠下去……不過算了，也是因爲他先搞了一個樂團，我們才有固定班底的鼓手和 Bass 手。」利小萌鼻子翹高高地說道。

「那就這樣，我們今天也加演那一首吧。」升降梯打開了門，五光十色的鏽色大圓盤映入眼簾，「妳的創作單曲，『tAke bAck Our sOul』！」

釀奇幻87　PG3103

安樂席

作　　者　九方思想貓
責任編輯　吳霽恆
圖文排版　陳彥妏
封面繪製　御小夜
封面設計　嚴若綾
內頁圖示　freepik.com

出版策劃　釀出版
製作發行　秀威資訊科技股份有限公司
114 台北市內湖區瑞光路76巷65號1樓
電話：+886-2-2796-3638　傳真：+886-2-2796-1377
服務信箱：service@showwe.com.tw
http://www.showwe.com.tw
郵政劃撥　19563868　戶名：秀威資訊科技股份有限公司
展售門市　國家書店【松江門市】
104 台北市中山區松江路209號1樓
電話：+886-2-2518-0207　傳真：+886-2-2518-0778
網路訂購　秀威網路書店：https://store.showwe.tw
國家網路書店：https://www.govbooks.com.tw
法律顧問　毛國樑　律師
經　　銷　聯合發行股份有限公司
231新北市新店區寶橋路235巷6弄6號4F
電話：+886-2-2917-8022　傳真：+886-2-2915-6275

出版日期　2025年7月　BOD一版
定　　價　320元

讀者回函卡

Printed in Taiwan

國家圖書館出版品預行編目

安樂席/九方思想貓著. -- 一版. -- 臺北市 :
釀出版, 2025.07
面 ; 公分. -- (釀奇幻 ; 87)
BOD版
ISBN 978-626-412-104-0(平裝)

863.57 114007530